FLORET
READING

小花阅读

我们只写有爱的故事

青春阅读　幸得相见

大鱼

有爱的青春陪伴者

初恋就是我选你

CHU LIAN JIU SHI WO XUAN NI

海殊 / 著

贵州出版集团
贵州人民出版社

作者简介
ZUOZHEJIANJIE

海殊

| 小 花 阅 读 签 约 作 者 |

射手女，可以一个星期不出门。
喜欢独居，也爱好自由。
偶尔习惯于一成不变的安定，
更向往广阔天地的恣意洒脱。

已上市：《月夜天将变》《他像北方的风》《他跑进时间的海洋》

前言
/那个少年有戾气/

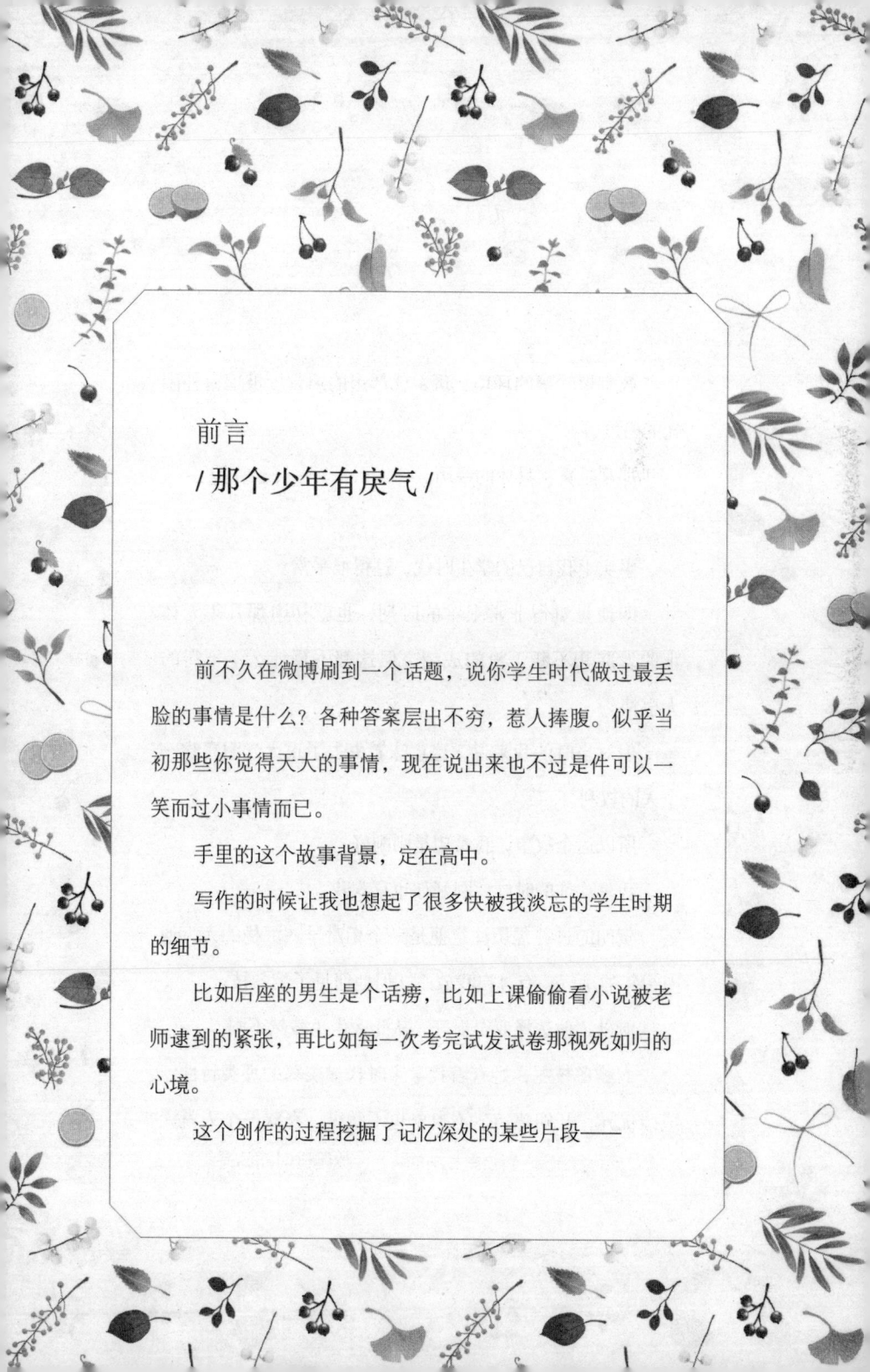

前不久在微博刷到一个话题，说你学生时代做过最丢脸的事情是什么？各种答案层出不穷，惹人捧腹。似乎当初那些你觉得天大的事情，现在说出来也不过是件可以一笑而过小事情而已。

手里的这个故事背景，定在高中。

写作的时候让我也想起了很多快被我淡忘的学生时期的细节。

比如后座的男生是个话痨，比如上课偷偷看小说被老师逮到的紧张，再比如每一次考完试发试卷那视死如归的心境。

这个创作的过程挖掘了记忆深处的某些片段——

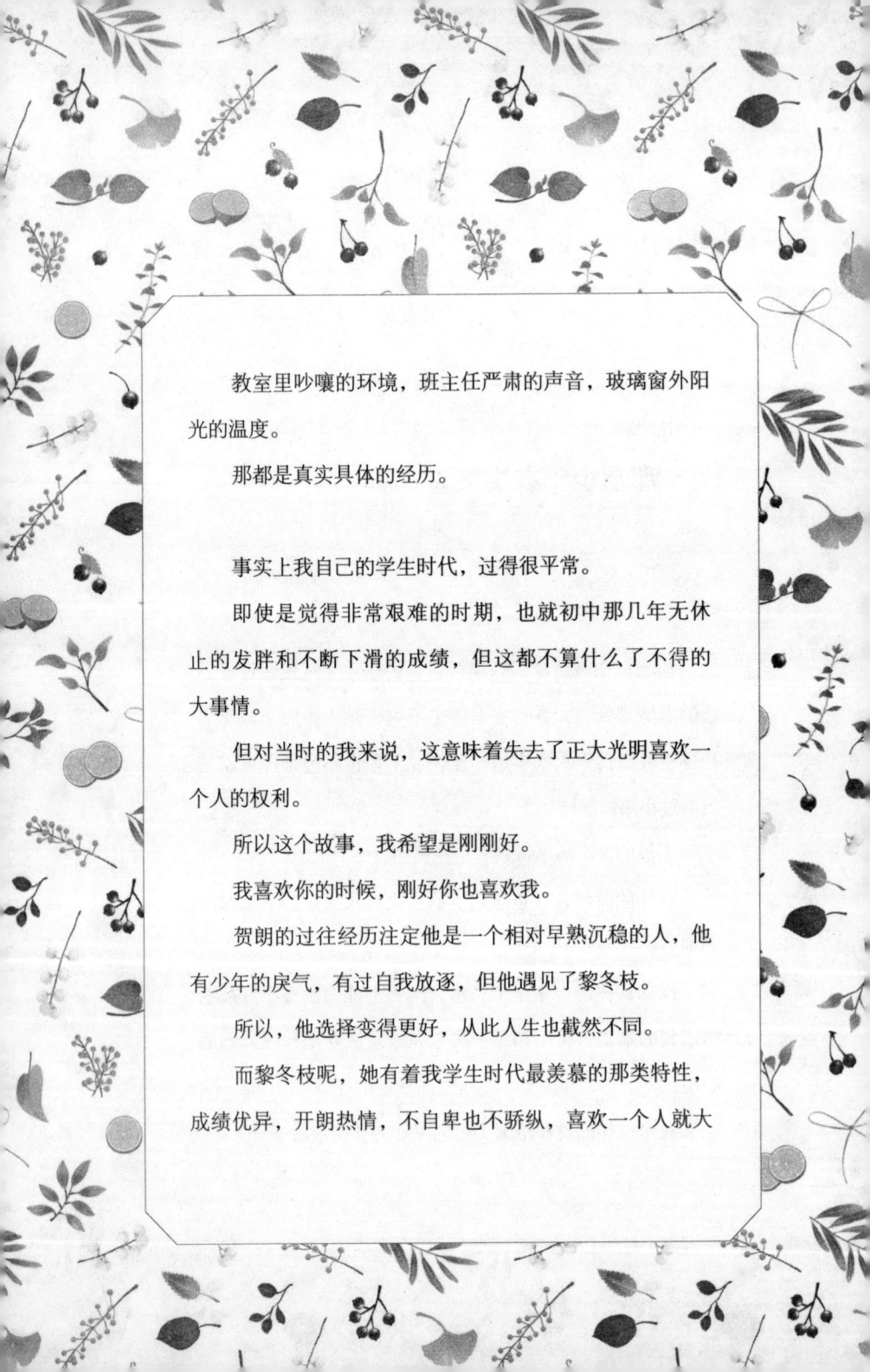

教室里吵嚷的环境，班主任严肃的声音，玻璃窗外阳光的温度。

那都是真实具体的经历。

事实上我自己的学生时代，过得很平常。

即使是觉得非常艰难的时期，也就初中那几年无休止的发胖和不断下滑的成绩，但这都不算什么了不得的大事情。

但对当时的我来说，这意味着失去了正大光明喜欢一个人的权利。

所以这个故事，我希望是刚刚好。

我喜欢你的时候，刚好你也喜欢我。

贺朗的过往经历注定他是一个相对早熟沉稳的人，他有少年的戾气，有过自我放逐，但他遇见了黎冬枝。

所以，他选择变得更好，从此人生也截然不同。

而黎冬枝呢，她有着我学生时代最羡慕的那类特性，成绩优异，开朗热情，不自卑也不骄纵，喜欢一个人就大方承认,有什么说什么。

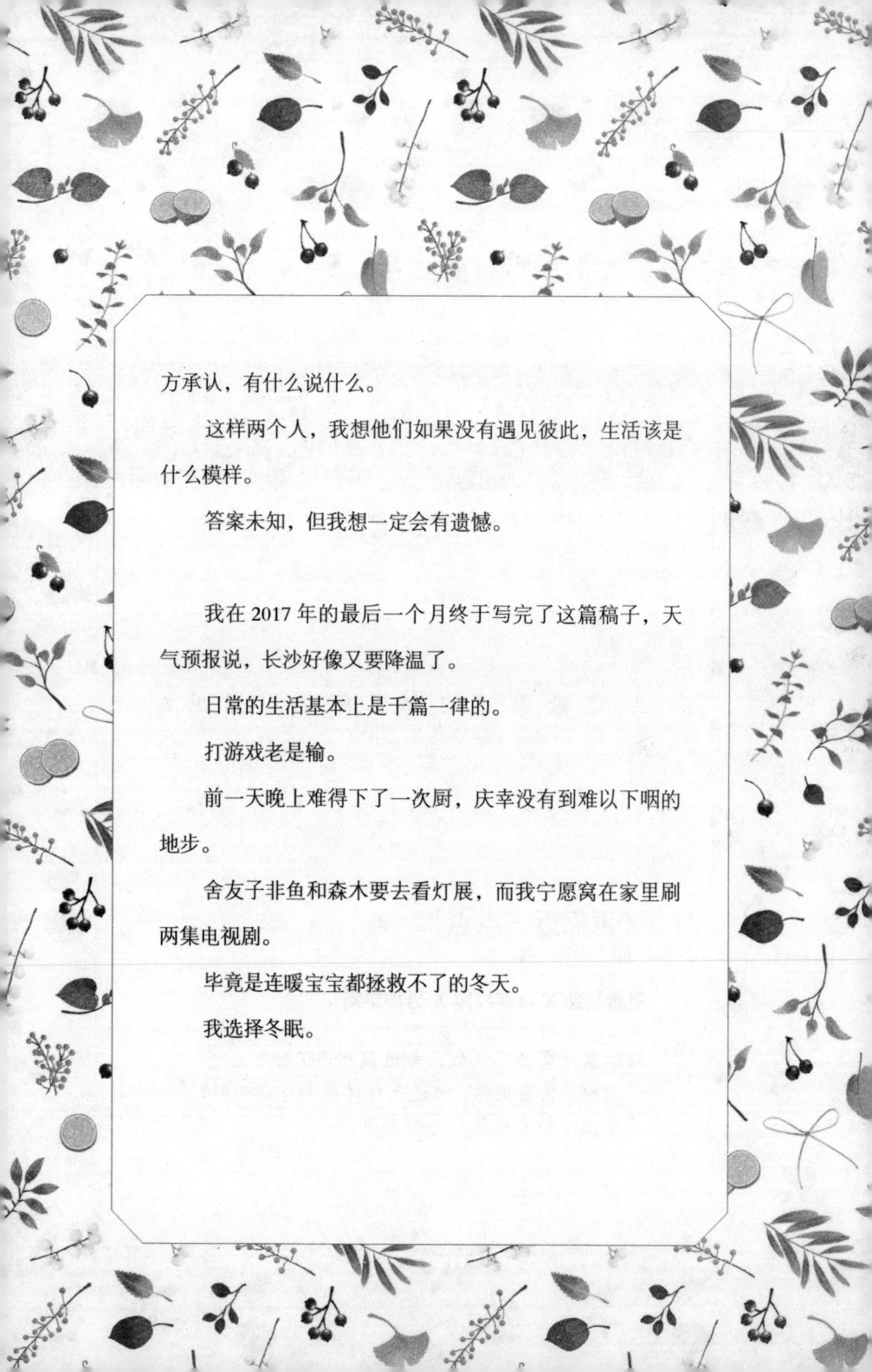

　　这样两个人,我想他们如果没有遇见彼此,生活该是什么模样。

　　答案未知,但我想一定会有遗憾。

　　我在2017年的最后一个月终于写完了这篇稿子,天气预报说,长沙好像又要降温了。

　　日常的生活基本上是千篇一律的。

　　打游戏老是输。

　　前一天晚上难得下了一次厨,庆幸没有到难以下咽的地步。

　　舍友子非鱼和森木要去看灯展,而我宁愿窝在家里刷两集电视剧。

　　毕竟是连暖宝宝都拯救不了的冬天。

　　我选择冬眠。

小花阅读

【竹马是学神】系列介绍

FLORET
READING

/ 在最美好的青春年华里遇见 /

《再靠近一点点》
闻人可轻 著

甜蜜初恋 X 青春校园 X 男神学霸

双学霸情商全不在线,却偏偏甜出天际!
"古阫,我喜欢你,但是怎样才能和你在一起?"
"安辂,如果是你,怎样都可以。"

小花阅读
【竹马是学神】系列介绍

《初恋就是我选你》 ▼
海殊 著

躁动小甜文 X 校服到婚纱 X 伪学渣的逆袭

"你是从时候就开始喜欢我的?"
他低头看着她的眼睛答道:"在你喜欢我之前。"

《大神别分心》 ▼
冬三儿 著

青梅竹马小冤家久别重逢。

对外万年冰山脸,高贵冷漠烂脾气。
对你化身小奶狗,撒娇卖萌求关注。

目录

CONTENTS

Chapter1 001
/ 新同学长得好看多瞄了两眼 /

Chapter2 033
/ 老师,字条是我的 /

Chapter3 065
/ 你凭什么藐视我这样的学神 /

Chapter4 099
/ 以后多多关照了黎冬枝 /

Chapter5 130
/ 她不是我女朋友 /

目录

CONTENTS

Chapter6 175
/ 我们一起上大学怎么样? /

Chapter7 208
/ 给你一个正大光明行使自己女朋友的权利,
你要答应吗? /

Chapter8 244
/ 从校园到婚纱 /

番外一 270
/ 初次吵架 /

番外二 275
/ 你从什么时候开始喜欢我的 /

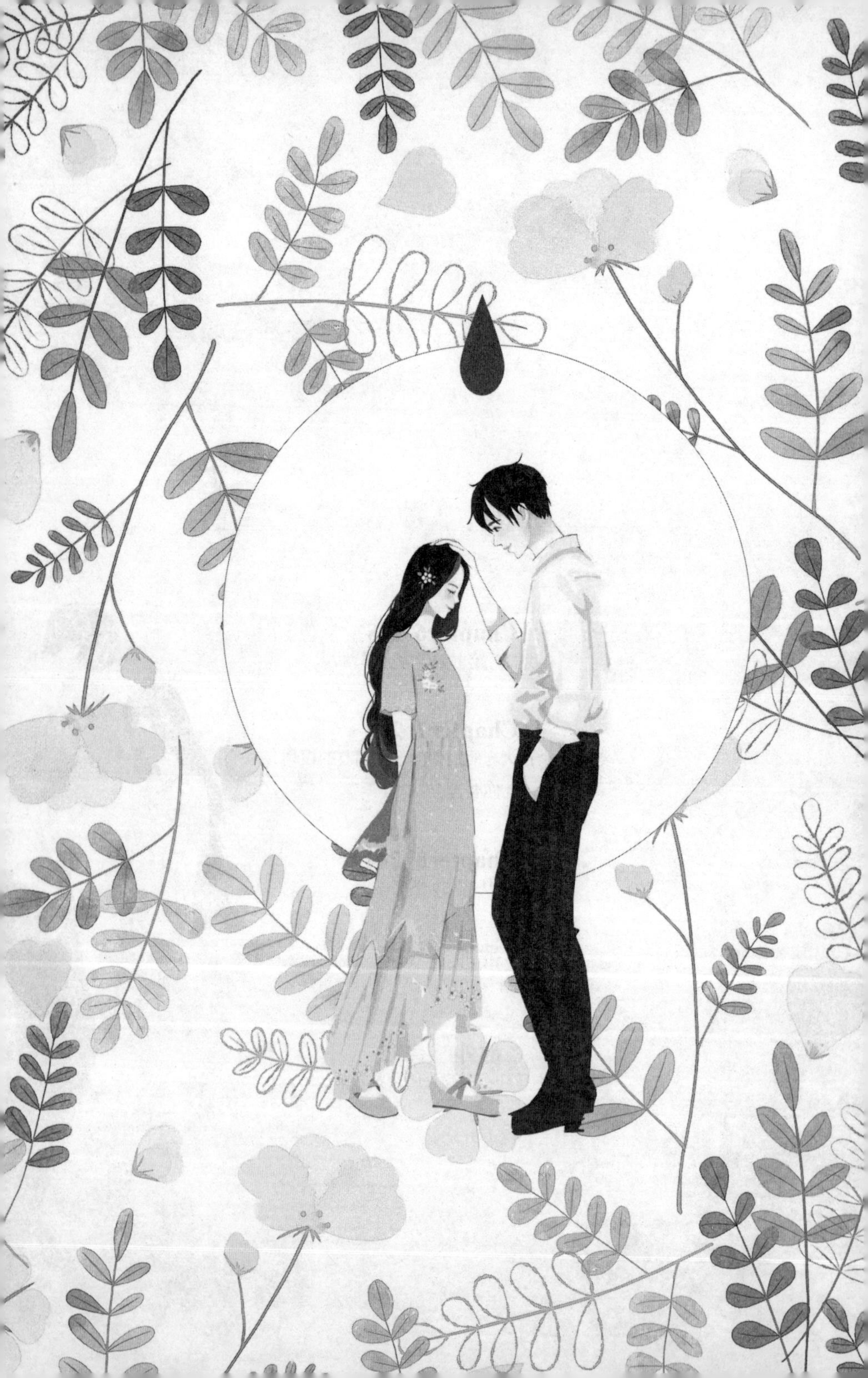

Chapter1
/ 新同学长得好看多瞄了两眼 /

1

正值九月艳阳天。

午后的公交车上有一股令人窒息的憋闷感。

黎冬枝抱着一坛从姥姥家带回的泡菜坐在公交车最后一排，旁边一个五六岁的小男孩儿正打瞌睡，头一点一点地靠在了她的肩膀上。

摇摇晃晃的时候，被前面一位大爷一首《最炫民族风》的铃声吓得差点跳起来。

黎冬枝不厚道地笑了。

谁能想到这首 2009 年就出了专辑的歌会在 2012 年突然大火。大街小巷，传唱度之高，成了各位大爷大妈最钟爱的广场舞神曲。

十分钟后在天虹路下了公交车，黎冬枝看了看自己的小吊带和热裤，嘴角直抽抽。她想，刚在家养了一个暑假的肌肤，又要开始饱受摧残。

她随意闪进一家小超市，把泡菜坛放在柜台，直冲着冷冻柜而去。

此时小超市里的风扇呼呼地吹着，后面被一道帘子隔开的门里面，刚刚满二十岁的年轻老板陶方宇正冲着许伟华撒火。他说："华子！你在女孩儿面前嘴巴欠的毛病就不能改改？现在好了，人家知道你尿，指明要贺朗给个交代，你让他怎么处理？"

许伟华辩解："我也没想到她是毛子他表妹啊……"

一群兄弟中，除了贺朗，许伟华最怵的也就是他。陶方宇有个外号叫"酒鬼"，因为曾经在聚会上拿酒当水喝而一战成名，高中毕业后就辍学在家管着超市。

还好今儿贺朗没在。

许伟华投降："我的错，这事儿千万不能告诉贺朗，到时候别人没找上门我就得先挨他一顿揍,我可打不过他。"

"你还知道?"

在外面的黎冬枝把里面的对话听了个彻底,她手上的动作没停,翻了半天终于找到了她最为钟爱的小布丁,天蓝色包装,五毛钱一支,好吃又不贵。

她正在想贺朗这个名字怎么有些耳熟时,超市的玻璃门就被人从外面推开。

进来的人很高,穿着白色短袖和大裤衩,脚上趿拉着拖鞋。剪了个极短的寸头,在耳鬓上方的位置还专门推了一个 R 形的字母图案,还有着令人过目不忘的立体五官。

黎冬枝迅速站直身体,举着小布丁,心想这大热天能见到这么高颜值的帅哥也是值了。她走上前指指里面冲着来人说:"买东西?老板估计在忙,你得等会儿。"

对方看了她一眼没说话。

"贺朗?什么时候到的?"背后突然冒出的声音吓了黎冬枝一跳。

掀开帘子出来的少年,模样相对老成一些,皮肤微黑。

黎冬枝清了清喉咙将目光转向货架,以此来掩饰自己刚刚多管闲事的尴尬,至少不能让自己搭讪的意图看起来那么明显。

"刚到。"她听见帅哥这样说。

老板陶方宇自然也注意到了黎冬枝这个显眼的存在，对贺朗说："你先帮我结下账。"说着又压低声音，"华子在里面，不敢见你，怕挨揍。"

黎冬枝当自己耳聋了，拿着小布丁跟在帅哥后面去了柜台。

"一块。"贺朗翻着装零钱的抽屉，眼尾朝下，一副漫不经心的样子。

黎冬枝翻钱包的动作一顿。

"不是五毛？"

"涨价了。"

对话到这里戛然而止，半晌之后贺朗终于掀了掀眼皮。

女孩儿有张很明艳动人的脸，及腰的长发披散着，因为太热的原因有几缕发丝贴在脖颈和肩膀的肌肤上。滑稽的是，她的右手上还抱着一个透明的小玻璃坛子，眼睛里盛着纠结和怀疑。

"嫌贵？"贺朗挑眉，他扬扬下巴继续道，"把你那坛泡菜放这儿抵债也行。"

"不行！"黎冬枝立马倒退一步。

明知对方不过就是随口一说，但黎冬枝的脑海中还是闪现了母上大人知道自己心爱的泡菜没有了之后，能念叨到她心神俱灭的脸。

黎冬枝顿了半天，拿出一张五十元纸币放在柜台。

这五十块对黎冬枝来说是巨款了，是她一个星期的零花钱。她从小到大没住过校，用她爸的话来说就是，回家靠走，吃饭家里有，你还有什么地方需要花钱吗？

她是独生女，可丝毫没在她爸那里享受到富养的待遇。

接过找回的零钱，看着面前那张帅气的脸，黎冬枝有气无力道："看在你这么帅的份上，我就不斤斤计较了。"

她还有心情挥挥手："拜拜。"

贺朗把钱扔进抽屉，莫名勾了勾嘴角。原本想提醒她要不要换一支冰棒，毕竟这么半天估计已经化得不能入口了，但一想到她到时候的表情，他反而什么也没说。

"哎，那不是黎冬枝吗？"看着她远去的背影，终于还是出来的许伟华没敢看贺朗，转移着话题。

"你认识？"酒鬼问。

"贺朗开学一个星期了都没去报到所以不知道，这是我们班学习委员兼英语课代表，也算学校半个名人。读理科的女生本来就少，据说她从小到大成绩没出过年级前三，关键是人长得漂亮啊。"

贺朗倒是没说什么，只是看了他一眼。

"哥。"许伟华拖了张凳子在柜台前面坐下,提醒道,"班主任可是和你爸打过招呼了,你下个星期再不去学校就亲自来提人。"

"你还有心情管我?"贺朗不咸不淡地看了他一眼。

酒鬼在旁边笑而不语。

许伟华是三个人里面最小的,嘴巴向来没把门儿,偏偏遇到事情又一副尿样。

贺朗皱眉,问:"毛子找人在学校门口堵你了?"

许伟华点头。

"知道了。"贺朗说。

酒鬼和许伟华对视一眼,皆是松了一口气。

而大概半个小时后才走到家门口的黎冬枝,脚步一顿。

贺朗?她想起来了!

开学的时候,她在班级名单里是见过这个名字的。

用闺蜜唐豆豆的话来说就是,这个贺朗是整个市区高中部的刺儿头,总结来说,不是好人。据说他原本的年纪早该高中毕业,可他在校的时候打架斗殴、早恋、到处寻衅滋事,违纪违规的事情他全做了,甚至与人合伙在校外开了家网吧。

事情的反转,是他那个半路回来的爸爸。

一朝成了机关单位的重要领导,回来后痛心疾首,花了巨款把他塞进了淮岭这所全市重点高中。

黎冬枝扶额，默默地念叨，她今天这是觊觎了一只狼犬的美色？

2

周一上课的时候，黎冬枝到得很早，高二理科三班的教室已经坐满了人。

刚进教室就看见唐豆豆顶着毛茸茸的短发冲她挥手："冬枝。"文理科刚分班，二十多个班级打乱重组，黎冬枝对居然还能和唐豆豆分在一个班这种事情感到惊讶。

这段缘分得从几年前算起。

无论是搬家、升学，还是矛盾是非，居然都没能把她们拆散。

"你这么兴奋干什么，都已经开学一个星期了。"黎冬枝走到第四排唐豆豆的身边坐下。

唐豆豆苦着脸，拽住了黎冬枝的胳膊甩了甩。

"冬枝啊，你要救我。"这吊着嗓子的语气激得人浑身起鸡皮疙瘩，黎冬枝抖了抖，把书包塞进课桌。

"好好说话，你到底想要干什么？"

"年级主任说好像要来一次摸底测试,我当初可是为了能和你在一起才咬牙选的理科,你可千万不能见死不救啊。"

黎冬枝似笑非笑地看着她:"你确定不是因为你懒,嫌文科需要背的东西太多?"

唐豆豆语塞。

正说着的时候,班主任来了。

班主任姓吴,叫吴斌,教他们数学。三十出头的年轻人,爱运动,不像一般老师古板,是个能和学生打成一片的人,用学生调侃的话来说是个标准的魅力熟男。

他估计是一大早去足球场跑圈了,还穿着灰色的运动装。

他拿着课本和标尺走上讲台,在静下来的教室扫视了一圈突然问:"贺朗呢?还没来?"

班上的人开始交头接耳。

黎冬枝翻着新课本的动作也是猛地一顿。原本就刚分班不久,班上的人都还没有认全,但像贺朗这种转校的降级学生,名声反而是最广的。

有人举手:"报告老师,他病了!"

黎冬枝没忍住笑出声来,唐豆豆碰了碰她的胳膊小声问:"冬枝,你笑什么?"

"没什么。"然后又在心里默默添了一句,她只是不巧发现,这个"病人"昨天下午还一副生龙活虎的样子,关键是还让她花了一块钱买了一支化掉的小布丁。

显然吴斌也不可能相信这样的借口。

"病了?"他反问,脸色骤然间严肃起来,"许伟华是吧,我知道你和他熟,回去告诉他,这周有摸底测试,他如果想在我这里找打就可以不用来了。"

"知道了,老师。"

黎冬枝觉得这个声音耳熟,转头看过去,刚好看到了最后一排那个嬉皮笑脸的男生。

结合名字一想,这应该就是昨天谈话中的那个华子了。

老吴敲了敲桌子继续说:"大家安静一下,这次摸底测试只是为了看一下大家的水平。淮岭是重点高中,大家时刻都不能松懈才能保证不掉队,你们要知道,总有人比你更加努力。这次考试完之后,会根据成绩重新选择座位。"

班上顿时一片哀号。

淮岭有个不成文的规定,每次考完试都会换一次座位,把全班叫到走廊上,根据名次依次进教室选座。这对成绩相对差一些的人来说,等于酷刑。

唐豆豆扯黎冬枝的衣袖:"冬枝。"

"行了。"黎冬枝觉得好笑,"放心,你成绩也没多差,一定会考得很好的。"

下晚自习时是晚上九点,唐豆豆说要出去吃烧烤,给她那颗害怕考试的小心脏压压惊。

黎冬枝自然应了,顺便叫上了纪东林。

淮岭高中别的好处没有,但是学校旁边的那条小吃街在教学城是个很出名的地方。凉面、烧烤、小馄饨、鸡蛋灌饼应有尽有,味道更是正宗地道。

这个时候正是这条街最热闹的时候,一颗颗暖黄的小灯泡在街上排起长龙。学生一窝蜂地拥到这里,油锅里刺啦刺啦的声响、打招呼的、吆喝的,热闹非凡。

黎冬枝和唐豆豆先到,黎冬枝给纪东林发消息说在老地方。

在烧烤摊的位置上坐了不到十分钟,唐豆豆朝着黎冬枝背后挥手。

黎冬枝转个身抱怨:"怎么才来?"

纪东林自觉拖了小椅子在旁边坐下:"别提了,生物老师占了自习,非说要把他上个星期缺的那一堂课给补回来。虽然其实没人想补,但谁敢说?"

"同情你们。"唐豆豆幸灾乐祸。

纪东林在高二理科五班，长相绝对算是阳光少年的那个类型，而且和黎冬枝一样是个学霸。说起两人的渊源，比她跟唐豆豆还要久远。

彼此的父母都是老相识，黎冬枝她爸和纪东林他爸都是行政单位的同事，关系较好。黎冬枝和纪东林两个从幼儿园开始打架，一直打到小学毕业。直到后来加了个唐豆豆，组成了坚不可摧的铁三角。

"今天你请客啊。"黎冬枝对着纪东林说。

"你零花钱又没了？"他问。

黎冬枝昧着良心点头，从小到大，她蹭了不少纪东林的吃的。她一直说，纪东林绝对称得上"妇女之友"这个称号，不斤斤计较，能吐槽，也能背锅，就是有的时候有点儿话痨。

比如现在他又开始了。

"今天刚周一，你的钱花哪儿了？"

"你又买垃圾食品了？"

"小心我告诉你爸……"

黎冬枝翻着白眼，拿起刚烤好的一串苕皮放到纪东林面前的盘子里说："大爷，孝敬您的，快闭嘴吧。"

唐豆豆在一旁笑得东倒西歪。

三个人随便扯着一些无聊的话题，比如班上多了哪些奇葩同学，比如哪个学科换了老师，比如即将到来的摸底测试。

他们都快吃完了，旁边刚来的几个女生却越聊越大声。

其中一个说："听说今天三中那边聚众闹事，差点打起来了。"

"怎么回事？"有人问。

"不清楚，但最后好像被人从中调停了，是叫贺朗吧。"

"贺朗？我知道啊，我哥以前跟他一个学校。他都十九了，听说跟社会上的人混没人敢惹他。而且不是据说转到我们学校了吗？被他爸花钱弄进来的。"

突然有女生笑嘻嘻地问："长得帅吗？"

"帅不帅跟你有关系？"谈话到这里，事件开始朝着完全扭曲的方向发展。

黎冬枝听着听着就笑了，很想回头说一句，真人挺帅的。

唐豆豆凑过来神秘兮兮地问："不会就是我们班至今没有露过面的那位吧？"

"在你们班？"纪东林插话。

黎冬枝点了点头。

纪东林说："那种人你们少去打交道。"然后刻意叮嘱道，"最需要注意的就是你了,黎冬枝。"

对于被单独拎出来这一点黎冬枝很不爽,她白了他一眼:"我怎么了?全校皆知我黎冬枝人美心善,是个三好学生。"

付完钱的纪东林说:"你省省啊,你说说我从小到大替你背了多少黑锅?"

黎冬枝拽着唐豆豆往马路边走。

她走出几步又停下来,瞪了一眼跟在后面的纪东林说:"纪东林,你好烦啊。"

纪东林回家和黎冬枝一样只需要走两站的距离,但他爸妈说要培养他独立的精神,上高中开始就让他住校。

好在他和门卫关系不错,出来久了也没什么。

"送你们回去吧?"他说。

黎冬枝想都没想就拒绝了,对于太过绅士的纪东林黎冬枝有心理阴影,总觉得他一旦有机会出现在自家父母面前,说不定就会告她一状。

虽然这种事情自小学之后就再也没有发生过,但抱歉,她的阴影面积有点大。

3

回到家已经很晚了,父母居然都还没睡,客厅里的电视正放着去年大火的一部宫斗戏,女主角正跪在地上扯着帝王的衣角哭得撕心裂肺。

黎冬枝放下书包,冲着坐在沙发上的孔香兰女士吐槽:"妈,这剧你从去年看到今年都不腻吗?你说你一个人民教师看这个有什么用?"

"你懂什么?"孔女士连个眼神都没给她,敷衍态度明显。

她爸这个时候穿着睡衣从房间里出来了,冲着站在客厅中央的黎冬枝眨眼。

她露出疑惑的表情。

黎建刚同志走上前,压低声音解释说:"你妈这是故意做给我看呢。提醒你,别在这个时候去自找不痛快啊。"

黎冬枝也做出一副神秘兮兮的样子问她爸:"您不会是又在外面……"

"别瞎说!"黎建刚同志很严肃,"你妈她那就是没事找事。"

"我没事找事?"孔女士站了起来,冷笑两声,"你自己说你们单位新来的那个实习生,为什么不找别人偏偏找你?"

黎冬枝一看战火四起,连忙躲回房间。

她爸似乎还在解释,语气很无奈地说:"我多大?人家才多大?

你整天就爱疑神疑鬼的。"

黎冬枝将自己砸进柔软的被子里,翻滚两圈。

这种情况家里时不时就会上演两回,她都习惯了。她爸外表是个很亲和儒雅的人,其实骨子里有些固执守旧,用她妈的话来说就是不够圆滑、死脑筋。

可偏偏当初孔女士这个高智商人才就看上了他,这么多年还一直担心被人觊觎。

"咚咚!"

半个小时后,有人敲她的房门。

"你吃饭了没?"是她妈。

"我吃了,你们不用管我!"黎冬枝扯着嗓子回了一声。

这平心静气的语气看来是被哄好了,黎冬枝最佩服的就是她爸哄老婆的手段。任她妈在外面多精明能干、强势果敢,到她爸这儿立马蜕化成小女人。

她妈接着问了一句:"对了,你现在在几班来着?"

"三班啊。"黎冬枝打开房门,一副了然于心的样子说,"孔女士,这个问题开学的时候你已经问过了。"

她推着她妈的肩膀说:"接受现实,去睡吧。"

按这么多年黎冬枝一直被放养的状态看,她妈会无缘无故关心起她的校园生活只有一种情况,那就是她妈觉得刚刚的行为有些丢脸,无法面对她爸。

黎冬枝看她妈进了房间,便把头抵在了门框上。

突然间她想到一个问题。

她在学习上继承了她妈的智商,至于情商,应该……不会继承的……吧?

第二天黎冬枝是被噩梦惊醒的,至于是什么梦,睁开眼的时候就忘了。

踏进教室的时候刚刚打铃。

早读课过后的第一堂课是语文,老师姓邓,是个不苟言笑的四十多岁的女老师,从高一开始就一直教黎冬枝语文。

"班长,起来把我昨天教的内容背诵一遍。"

黎冬枝呼了一口气,还好没叫她,早读课上净顾着和豆豆讲闲话了。

班长是个戴着厚重眼镜的白面书生,性格温和,最听老师话的那种人。他站起来规规矩矩地合上书,开始背:"长太息以掩涕兮,哀民生之多艰……"

"报告。"就在这个时候,门口的声音打断了背诵。

高大的男生背着单肩包,蓝白校服只穿了上衣,拉链没拉,松松垮垮地套在身上,还有些睡眼惺忪的样子,嘴上叼着一小袋牛奶,神情百无聊赖。

"你找谁?"老师不记得三班有这号人。

"老师我不找人,我是这班的。"贺朗拿下牛奶,指了指里面。

语文老师教书多年,什么样的学生没见过,皱了皱眉道:"三班的,我怎么没见过你?你叫什么名字?"

后排有人喊:"老师!他叫贺朗!"

一石激起千层浪,这个从还没有出现就在学校引发热烈讨论的人,终于现出了真身。班上同学开始叽叽喳喳讲小话,任凭老师敲黑板都没能停下来。

"安静!黎冬枝,你脖子伸那么长干什么?"

黎冬枝张张嘴,疑惑地指了指自己。

语文老师说:"还看,说的就是你!你上学期期末考试的作文丢了多少分你不知道?"

黎冬枝都乐了,她这是被当成了鸡,杀给猴儿看的。

她喊:"邓老师,我不过就是看新同学长得好看多瞄了两眼,跟作文有什么关系?"

全班哄堂大笑。

高二年级的老师基本都认识黎冬枝，鉴于她成绩优异、聪明又机灵，对她都颇有好感。

邓老师没好气地瞪了她一眼，转向门口，缓和了一下语气说："贺朗是吧？我听你们班主任吴斌说过，不过你怎么现在才来？"

"第一次，没找着路。"

借口张口就来，不过邓老师也没再计较，说："进来吧，下次不要迟到了。"

贺朗右手插在裤兜，路过黎冬枝旁边的走道突然顿了一下。

黎冬枝扬起笑脸，挥着爪子："Hi！"

旁边有人扯她胳膊嘀咕："黎冬枝！你矜持一点行不行？"

贺朗移开视线。

这要是放在以前的高中，他何曾有耐性站在门口任由几十双眼睛盯着自己将近三分钟的时间。脾性上来了，那就是爱谁谁。

走到最后一排的空位上坐下，隔着走道的许伟华趴在桌上凑过来说："你干吗去了？怎么才来？还好你没有撞见老吴的课，不然有你受的。"

贺朗淡淡地应付："起晚了。"随后就趴在桌上睡了过去。

邓老师的声音清晰地传来："好了，继续上课，班长接着刚才的地方背……"

第二节课下课的时候中间有半个小时的休息时间,三班外面的走廊里突然来了好些个男生,全是高三的,三三两两靠在阳台上闲聊。

黎冬枝拿着收上来的作业路过,发现许伟华和贺朗也在,估计是在校外的时候认识的。

许伟华笑嘻嘻地打招呼:"学习委员好。"

黎冬枝也从这几天上课看出来了,许伟华就属于上课爱接话,跟着人起哄,典型的调皮捣蛋的那种学生。黎冬枝看了看这群人,笑着回:"你要是把手上的烟给掐了,别让年级主任找我们班麻烦,大家会更好的。"

背后有人吹口哨。

黎冬枝走后,有人对着撑在阳台上的贺朗说:"现在的好学生都这么好玩?居然不跟老师打小报告?长得还挺好看的。"

贺朗看了一眼黎冬枝离去的方向,冷眼说:"这是学校,少给自己找麻烦。"

大家纷纷把烟灭了。

有个离他近的男生说:"何霜知道你降到淮岭了,几天前就开始打听,下午要不要约着吃个饭?"

有人跟着调侃:"对啊,那会儿何霜对你多好啊,现在她虽然升了高三,但离得更近了嘛。"

"不去,上课。"贺朗淡淡地回绝。

身边的几个人面面相觑,谁都懂贺朗话里拒绝的意思,熄了话头,不再提起这茬儿。

4

摸底测试结束后的那两天,每一个任课老师拿着一沓试卷走进教室,班上就有一种说不出的压抑和紧张。

周一第一堂课就是班主任吴斌的数学。

"同学们,这次摸底测试有惊喜也有意外。年级一二名全在我们班,班长刘浩依然是稳扎稳打,各科成绩都很平均,现在按照分数高低先把试卷发下去,大家看看自己有哪些不足。"

"刘浩,138分。"

"黎冬枝,129分。"黎冬枝上去拿试卷的时候一看老吴那神色就不对劲。

果然,她刚接过卷子老吴就说:"看看你错的那几道计算题,那是该错的吗?全是因为你粗心大意。"

"是是是,下次注意。"黎冬枝乖巧地认错。

好在老吴没有继续教训她。

黎冬枝拿着试卷回到位置上,唐豆豆苦笑说:"像你这种上百的人还要被批简直没道理嘛。让那么多数学三四十分的人怎么活？"

这话黎冬枝没法接，淮岭虽为重点高中，但班级也是分重点班和平行班的。三班算重点班的其中一个，学生都还算认真听话，贺朗这种例外。

黎冬枝甚至怀疑，他之所以会调来三班，可能是他爸看中了班主任吴斌的武力值。

没错，老吴生气了，还是很可怕的。

"贺朗！"此刻的他就拿着一张空白卷子大发雷霆。

他嘴上叫的人，刚刚从睡梦中醒来。

老吴抖着手上的卷子，黑着脸说："上来拿你的试卷。"

全班都给那个慢条斯理拢了拢衣服的人行注目礼，贺朗抹了抹扎手的短发，推开椅子走了上去。

老吴把卷子扔给他，骂："浑蛋玩意儿！三科直接缺考，其余的都在睡觉，你这么有本事你干脆连名字也不写好了，让人知道你是我吴斌的学生，净给我丢人现眼！"

贺朗淡淡地往手上的卷子上扫了一眼，没有接话。

老吴气得够呛，把人直接拎去了走廊。

后门处死角的位置，老吴松开手，看着面前比自己还高了半个头的贺朗皱着眉问："你怎么回事？你要不爱学习来学校干吗？"

"您知道不是我自己想来的。"贺朗靠着墙,很平静地说,还习惯性地摸出打火机。

老吴瞪他一眼:"收起来,像什么样子!"

他转了转手上的打火机,看着教学楼下面的操场说:"您跟老头子那点交情我管不着,我来这里不过是他觉得亏欠,而我决定让他心安理得而已。"

......

大约十分钟后,热火朝天的教室里,黎冬枝突然被点名。

老吴说:"马上就要换座位了,你和贺朗一桌。"

岂止是黎冬枝,就连跟着老吴进来的贺朗都奇怪地看了他一眼。

老吴对着一脸莫名其妙的黎冬枝说:"你是学习委员,有义务帮助成绩稍微差一点的学生。黎冬枝,贺朗要是在期末考试的时候年级前进一百名,我就不给你爸打电话。"

黎冬枝脸色一僵,撇着嘴冲着老吴说:"帮就帮嘛,怎么还带威胁的啊?"

对于老吴会告状这一点,黎冬枝是深信不疑的。到时候她拿着走读证给班上的人带东西,上课和同桌讲小话这种鸡毛蒜皮的小事儿都得被抖出去。关键是她爸还特别较真,也不担心她成绩下降,反正就扣零花钱，扣完为止。

所以，黎冬枝从小玩得再疯，在她爸的镇压下也没敢多出格。

老吴转头问贺朗："你没什么问题吧？"

"无所谓。"贺朗耸耸肩。

因为贺朗太高不适合靠前，综合了一下搬到了教室最左边的倒数第三排，贺朗靠窗，黎冬枝靠走道。前排就是唐豆豆和班上的文艺委员罗晓然，后排是两个以前一班的男生。

下课后，全班一起搬桌子。

班上很混乱嘈杂，桌子拖在地板上发出刺耳的声响。

唐豆豆帮黎冬枝收拾着课本，笑着说："还好你够义气，刚刚你前面的位置明明是空的，可是那个罗晓然分明是不想让我坐。"

帮关系好的人占位置其实是很正常的现象，但毕竟对其他人不公平。

黎冬枝提醒她："她以后可是你同桌。"

"哼，谁稀罕。"唐豆豆的脸拉得老长，对黎冬枝说，"最不爱和这种人打交道，你还不知道吧，这罗晓然以前在六班就是文艺委员，仗着长得还可以特别看不起人。"

黎冬枝知道豆豆本来不是斤斤计较的人，但看了看正因为被人的桌子撞了一下，就抱着手站在原地一脸不高兴的人，同意了豆豆的说法。

　　"来来来,我帮你们。"突然冒出的许伟华直接扛起了黎冬枝的桌子。

　　他急吼吼地喊着对面的男生接一下。

　　黎冬枝说:"谢啦。"

　　许伟华挠了挠后脑勺,冒着青春痘的脸有点不好意思,说:"小事儿,以后把你的作业借我抄一下我会感激不尽的。"

　　"有眼光。"唐豆豆大笑着拍了拍许伟华的肩膀,悄声说,"我们家冬枝别的不靠谱,但唯独在学习上还是值得借鉴和学习的。"

　　黎冬枝去掐她:"唐豆豆,你是夸我呢,还是损我呢?"

　　打闹之间,黎冬枝倒退的时候踩到了别人的脚。

　　"抱歉抱歉。"她转身就直接来了个小幅度的鞠躬,额头还直接抵在了男生的胸膛上。

　　黎冬枝缓缓抬起头,看清了人,呵呵笑了两声:"是你啊。"

　　贺朗的校服不知什么时候脱掉了,穿着一件白色的短袖。他低头看了看女生额头撞上的地方随口说:"坐好,你挡住了过道。"

　　黎冬枝愣了一下,看了看背后堵住的两张桌子反应过来,连忙往旁边让了两步。

她刚坐下,就见两米开外的罗晓然也被堵在了后面。

"贺朗,你能帮我把桌子搬到里面吗?"罗晓然说。她的声音和平常不太一样,更低更温柔一些,轻蹙眉头的样子看起来一张桌子对她来说太重了。

唐豆豆和黎冬枝嘀咕:"我去,旁边这么多人她为什么只叫贺朗啊?连座位也专门选在他前面,这心思也太明显了。"

黎冬枝打量贺朗,小声对豆豆说:"你看这些男生里就贺朗最高,他太显眼,招人惦记很正常。"

刚说完,就发现贺朗往她的方向看过来。

黎冬枝冲着他做了个拉上嘴巴的动作,缩着肩膀,一副看好戏的样子。

5

教室里的气氛有些凝滞。

贺朗看了罗晓然一眼并没有什么动作,没有人知道他那一刻在想什么。

许伟华蹿出来打圆场,搬过罗晓然的桌子说:"这种事情可以叫我嘛,贺朗他刚伤了手,不适合搬东西哈。"

此刻的许伟华内心是有些崩溃的,心想自从酒鬼辍学,这种烂摊子都要靠他来收拾了。贺朗是很少说废话的人，但也不是冷漠不近人情，别说现在，以前凭那张脸就特招小姑娘注意，可关键是他自个儿不太爱理这种事情。

所以，尴尬时有发生。

罗晓然立马接话："是吗？那不好意思，我不知道。"这话是看着贺朗说的。

黎冬枝往贺朗手上看了一眼，心想不是又打架了吧。

结果没有看到任何伤痕。

搬完桌子后还是老吴的连堂数学课。

"你没书？"黎冬枝看着贺朗空空如也的课桌，惊讶地问。

贺朗正靠在椅子上玩着手机，随口"嗯"了一声。

老吴在讲台上扫了一眼，自然看见了贺朗那张干净得过分的桌子，立马火气又来了："贺朗，上周五就让你去教务处领教材，你干什么去了？"

知情的人都知道，贺朗那天在最后一排睡了一整个下午。

看他没反应，老吴接着说："今天记得去领，先和旁边的人一起看。"

黎冬枝拿着课本刚准备放在课桌中间，前面就递过来一本数学课本。罗晓然笑得很甜，她压着声音说："用我的吧，我们前面两个女生一起看很方便。"

黎冬枝:"……"

唐豆豆:"……"

"给我没用,你自己看吧。"贺朗掀起眼皮看了一眼桌上的书,又低头接着看手机去了。

罗晓然讪讪地收回手。

老吴接着开始上课:"现在翻开课本第十页,摸底试卷的第四题在这页的下方是有例题的,那些做错的,要好好听我接下来的讲解。"

黎冬枝把书推到中间,右手撑着脸小声提醒还在看手机的人:"别玩了,老吴下来了……"

下午的时候三班有一节体育课,阳光带着灼人的温度在塑胶操场掀起阵阵热浪,黎冬枝抱着脑袋和全班一起在进行蛙跳,备感痛苦。

有人边跳边抱怨:"这天气也太热了吧。"

"对啊,围着400米的操场跳两圈,我装晕倒行不行?"

黎冬枝落在最后面,已经快窒息了。

如果说有什么学科是黎冬枝的死穴,那一定就是体育。别说是蛙跳两圈,她怀疑一圈没到她就得死在半路上。小的时候装病,大一点不是生理期就是拉肚子,为逃避体育课无所不用其极。可这学期换了体育老师,他说了,就是爬都得爬完全程。

"冬枝,你还行不行?"唐豆豆有些担忧地看着黎冬枝没有血色的脸。

黎冬枝喘着粗气蹲在地上,摆手说:"我没事,休息会儿,你先走吧,不然等下要挨骂了。"

唐豆豆一步三回头地追上了前面的人。

此时的篮球场边上,贺朗穿着球服,和一堆高个子男生聊着天。因为学校的篮球赛他并没有参与班上的活动。

突然,有人往不远处看了看,笑着说:"贺朗,你们班的体育老师是他啊?真是够你们受的,那个女孩估计得挨骂。"

贺朗便回头看了一眼。

女孩抱着膝盖蹲在地上,绾起来的头发在阳光下看起来毛毛躁躁的。校服早已经脱下来系在了腰间,整个人在阳光下缩成一个小小的影子。

他顿了一下,把外套扔给了旁边的人说:"我过去一下,晚饭后接着练球。"

有人喊:"哎,你去哪儿啊?"

喊话的人被人拉住了,那人笑着说:"没点儿眼力见儿,英雄救美去了呗。"

还蹲在原地的黎冬枝正在想会不会被抓包，头顶就罩下一片阴影。

她惊疑不定地抬起头，因为逆光，微微眯起眼睛。

看了半天才发现来人并不是魔鬼体育老师，松了一口的同时她有气无力地问："你怎么来了？"他们还不是太熟吧？

贺朗看她额头冒着冷汗，细绒的头发贴在白得有些不正常的脸颊上。他皱眉问："怎么？不舒服？"

"没事，我运动过量就会这样，蹲会儿就好了。"

贺朗环视了一圈，400米的跑道还没过大半，运动过量？

他嘴角抽了抽，伸出手："先起来吧，去那边坐会儿。"

黎冬枝拽着他的手站起来，不知是不是蹲得太久的缘故，眼前阵阵发黑。她立马再次蹲下，甚至趴在旁边干呕了两声，因为中午没怎么吃，所以什么也没有吐出来。

手臂被人抓住提起来，她听见贺朗说："看样子有些中暑，送你去医务室。"

"没有中暑。"黎冬枝辩解，示意他松开自己。她对自己的体能还是了解的，这种状况反正早就不是第一次出现了。

贺朗气笑了："那你这又晕又吐的，总不见得是怀上了吧？"

黎冬枝白了他一眼，没好气道："嘴巴积点儿德。"心想长得帅有什么用？这人真不愧是一流氓。

贺朗摸摸鼻子沉默，其实他就算平常和男生待在一起也很少说话这么不靠谱，结果刚刚脱口而出不说，被骂了居然还能站在这儿。

他开始后悔自己没事找事。

最终看了看体育老师所在的位置，再低头看了看面前的人，贺朗还是停顿了一下说："我现在要去教务处拿书，你要不要和我一起去？"

黎冬枝也想跑，关键是没那个胆子。

她问贺朗："老师问起来怎么办？"

"那是你自己的事。"他一脸事不关己的样子。

黎冬枝犹豫了大概不到三秒钟时间，心一横，拽住贺朗的袖子催促："快走快走。"

两人从塑胶操场的小门出去，黎冬枝的心还在怦怦跳，看了看旁边走得很悠闲的人，黎冬枝决定套套近乎。

"贺朗，新同桌，大帅哥儿……"

贺朗低头看了看身侧歪头一脸讨好笑容的人，面无表情地打断她："有事说事。"

"我今天要是被发现了，你能不能告诉老师，我是发扬乐于助人、同学之间互帮互助的精神陪你去拿书了呢?"

贺朗脚步一顿:"看我心情。"

"什么叫看你心情啊?你要是不帮我,我就告诉老师是你怂恿我翘课的。我可是个三好学生,你说老师会相信谁的……"

……

去教务处的途中,贺朗还专门在超市给黎冬枝拿了一瓶饮料,水蜜桃味儿的。可能是考虑到黎冬枝需要缓一缓,他们走路的速度堪比散步,还专挑阴凉的小路走。

绿荫在路上洒下斑驳的光影,不知名的大树上还不时传来几声蝉鸣。

回程的时候,黎冬枝跟在贺朗后面半步的位置。

书是拿到了,她看了看自己手上两本薄薄的书,再看看前面抱着高高一摞却完全不显得吃力的人,心想,没看出来这个新同桌还这么,绅士?

走了几步,好像听到他叫自己的名字。

"啊?"黎冬枝疑惑地抬头,他刚刚是说了什么吗?

贺朗还穿着红白相间的球衣,重复道:"你该快点了,你要是不想被抓住逃课,最好在下课点名之前赶回去。"

黎冬枝很震惊:"你不是说要帮我?"

贺朗挑眉:"我什么时候说过?我只记得有人好像威胁了我。"

黎冬枝尴尬地笑了。

贺朗看着立马催促走快点,还试图从他手上抱走一部分书的人,依然走得很慢,在女生看不见的地方,向来少有情绪的眼中突然有一丝笑意流转。

Chapter2
/ 老师，字条是我的 /

1

国庆放假前一天，班上开始隐隐出现一种浮躁。

上午最后一节课是英语，黎冬枝作为英语课代表丝毫没敢走神。英语老师叫方姿，是个刚教书没几年的女老师。用那些被罚过的同学所说的话来总结，就是方姿老师目前正处于由满怀教师梦的热忱，转向被学生逼疯的阶段。

时髦漂亮，但无异于是颗定时炸弹。

不过，方姿倒是很喜欢黎冬枝，大概是因为她的英语算是整个年级中的翘楚。

课时过半，黎冬枝回答完一个问题刚坐下，桌上就咻地飞来一个小纸团。

她疑惑地回头。

斜后方倒数第二排的许伟华冲着她挤眉弄眼，示意把纸团递给她旁边的贺朗。

黎冬枝看了看正在黑板上书写的老师，将纸团推到了旁边。

贺朗在玩手机的间隙抬头看了一眼，用眼神问："有事？"

黎冬枝示意是许伟华给的，他便将纸团拿起来扔进了课桌，继续低头玩手机。

黎冬枝表示很无语。

要说这些天和贺朗坐同桌的感受，大概是她从小到大从未见过这么随心所欲的人。早上没有准时到过，每天进教室让全班甚至是老师行注目礼；上课没有听过，不是睡觉就是玩手机；作业没有写过，甚至是连抄都懒得抄的那种。

就这眨眼的工夫，桌上又扔来一个小纸团。

如此往复三次，黎冬枝真的很想站起来大吼，有什么事不能下课说吗?关键是旁边的大爷从头到尾置身事外,弄得她时不时看看讲台,自己都有些做贼心虚。

结果她还没来得及出声呢,就真的被一声怒吼震起来。

"黎冬枝干什么呢?看你好几眼还不自觉,拿出来!"

黎冬枝内心狂翻白眼,无奈地交出了手上的字条。

她亲眼看着方姿打开了那张字条,看着方姿的脸慢慢涨红,看着方姿瞪着她的眼睛都快冒出火。

她开始有点虚了。

她偷偷看了一眼后排的许伟华,发现他也正像热锅上的蚂蚁,脸红成猪肝色。

方姿把那张字条放在黎冬枝面前,抖了抖说:"黎冬枝啊黎冬枝,你让我说你什么好?我一直认为你算是班上最有天赋的学生,好学上进,你看看你……"

黎冬枝偷偷瞄了一眼。

那张纸上赫然写着:"你要再不理我,小爷今天晚上让你好看!!!"

这都不是关键,关键是这句话的后面还画着一张小人像,穿着小裤衩,贱兮兮的样子惟妙惟肖。黎冬枝都快吐血了,心想许伟华这个二货真是害人不浅。

黎冬枝红着脸试图解释:"方老师……"

"不用说了！今天这事我肯定是要告诉你班主任的，让他调查清楚……"

"老师。"旁边的贺朗突然出声打断了方姿，他站起来，拿过她手上的那张字条淡淡地说，"这是我的。"

黎冬枝："！"这家伙连内容都不知道，瞎站起来干吗？

这不解释还好，一旦解释那真是跳进黄河也洗不清。

黎冬枝连忙扯了扯贺朗的衣袖，可这个动作在老师的眼中看来那就是相互包庇，奸情罪名已然坐实。不过好在老师终究是老师，不可能把这种事情广而告之，只是指着门口说："你们俩去门外给我站着上课！"

黎冬枝捂脸，从小到大，还真没这么丢脸过。

走廊里。

贺朗云淡风轻地靠在栏杆上，对那道瞪了自己很久的视线熟视无睹。

女孩脸上的红潮还未褪去。

黎冬枝瞪得累了，肩膀垮下来问他："喂！你打算怎么办？老吴铁定会找我们麻烦。"

"你还怕他？"贺朗反问。

黎冬枝无语，这话怎么说得她没皮没脸一样？

贺朗问她:"字条是你写的?"

"不是啊。"她答。

"上面有写你名字?"

"没有。"

贺朗继续平静地说:"既然不是你写的,内容也和你没关系,你还担心什么?能解释清楚的事情,都不是什么大事。"

黎冬枝将信将疑地看他,似乎在审视这个人到底是信口开河,还是煞有介事。

想了半天没结果,她走过去趴在他旁边的栏杆上,偏头问他:"你是不是经常被老师叫到教室门外上课啊?"

贺朗转头看她一眼,将视线移向远方:"没有。"

他说:"以前的学校不比淮岭,老师讲自己的,学生爱听不听。上课就像进了菜市场,是传字条还是大声讲话没什么区别。"

贺朗看着女孩认真听的样子,眯了眯眼睛突然问她:"你能懂吗?三好学生。"

"为什么不懂?"黎冬枝觉得这个三好学生听着像是讽刺,没好气地回了他一句,"我看着像是很蠢的样子吗?"

贺朗不曾接茬儿,重新把视线移向远处。

午饭铃声响起的时候,方老师从教室出来,看了一眼黎冬枝,就急急忙忙地走了。

黎冬枝表示自己真的挺无辜的。

唐豆豆和许伟华出来后,并没提刚刚的事情。

唐豆豆挽着她的手臂说:"今天我们去吃食堂吧?"

黎冬枝应了,反正她爸妈今天也没在家。

走之前,她的脚步突然顿住。

她视线狐疑地在贺朗和许伟华之间转了两下,最终把视线定在贺朗的脸上,突然笑了一下说:"虽然角色颠倒了让我很意外,不过你们晚上还是悠着点吧。"

许伟华顿时脸色灰白,对上贺朗看过来的眼神急忙解释:"哥……哥,真是误会,我就是上课无聊,想问问你国庆有什么安排,谁知你一直不理我,结果我一时就手残……"

其实字条的内容贺朗站起来的时候大约看见了。

他没说许伟华什么,只是看了看楼梯的方向。

脑子里闪过的念头是,现在的女生脑子里都在想什么乱七八糟的东西。

2

午时的校园广播里放着一首《你是我的眼》。

清亮慵懒的男声带来别样的视听盛宴，而身边路过的男生唱着改编的搞笑版，什么"眼前的 A 不是 A，你说的 B 是哪道题，人们说的填空难"……

吵嚷着，嬉笑打闹。

黎冬枝基本很少来食堂吃饭。

因为没有饭卡，黎冬枝和唐豆豆要先去买饭票。

队伍很长，不过走到中途才发现有班上好几个熟悉的女生。

"黎冬枝、唐豆豆，需不需要帮忙？"有女生热情地问。

"谢谢，两张。"黎冬枝把钱递过去。

她们等在队伍旁边，几个女生围成一圈开始聊天。

"哎，我们班的男生来了。"有人指着梯子上过来的一群男生提醒。

黎冬枝看过去，发现正是许伟华那一群人。贺朗走在最后面，校服搭在肩膀上，慢悠悠的样子。

"冬枝。"有人碰了碰黎冬枝的手臂，笑着说，"你今天上课到底和贺朗传什么东西了，方姿被你气成那样。"

黎冬枝哭笑不得，举起手："我发誓，我就是个传字条的无辜者。"

"信你才怪，方姿今天那脸色一看就知道内容不简单。我跟你说,你和贺朗被请出去之后,他前面的文艺委员罗晓然还把书摔在课桌上,很不高兴的样子。"

黎冬枝心口一梗,这能怪她吗?

又有人说:"其实贺朗这种类型的男生最招人喜欢,这次不是学校要组织个什么迎新篮球赛吗?他就是被老吴给硬拽去的,据说能力很强,现在我们班男生除了几个死读书的,基本都以他马首是瞻。而且不止我们班上好多女生偷偷关注他,其他班上也有不少女生明里暗里地打听。"

唐豆豆暗地里捅了捅黎冬枝的腰,靠近她小声说:"其实我也很好奇你们到底传了什么?"

黎冬枝正狰狞地去抓豆豆,就有人拍上了她的肩膀。

"你怎么来食堂了?"是纪东林。

他一行的还有两个相熟的男生,黎冬枝都见过。

"太久没来,吃吃食堂也挺好的嘛。"黎冬枝随后说。

纪东林掏出口袋里的饭卡递给她,说:"别排队了,先刷我的,等你这儿排完差不多就只能吃剩的了。"

"你怎么办?"黎冬枝没接。

"没事,我刷同学的。"

周围的人开始"噢噢"起哄,纪东林在学校还是小有名气的,他和黎冬枝关系好在高一的时候就不是什么秘密。

唐豆豆故意皱着眉说:"纪东林,你偏心眼儿偏得也太明显了吧?我这么个大活人还站在这儿呢!"

纪东林笑着把饭卡塞到黎冬枝手中:"你俩本就是一路的,没什么区别。"

唐豆豆吐槽,这区别大了。

"那我可不客气了。"黎冬枝甩了甩手上的饭卡。

纪东林眨眼:"你什么时候客气过。"

"那倒是。"黎冬枝顺杆儿往上爬,换来纪东林一个白眼。

她从满脸调笑的几个同学那里接回了现金,拉着豆豆去了二楼。

唐豆豆边走边和黎冬枝说:"你还真打算狠宰一顿啊?我要是有你这么个青梅竹马,早就下手了。"

黎冬枝手上用力,没好气地回:"别乱说话,他纪东林小学的时候穿什么颜色的内裤我都知道,我才不要和尿裤子的人扯在一起。"

"没见过你这么不要脸的。"豆豆说。

对这句话,黎冬枝早就免疫了。

此时的食堂门口有些吵吵嚷嚷。

三班的男生发现，他们最近被女生关注的次数有直线上升的趋势。

至于原因嘛……

"贺朗，你看什么呢？"有男生搭上贺朗的肩膀，顺着他的视线看过去只看到饭票窗口那儿排着长长的队伍，有三个男生刚刚离开。

"没什么。"贺朗淡淡地收回视线。

旁边的许伟华正好奇地凑过来，还没开口问，就突然对着贺朗的身后呆住了。

两秒之后，他才结结巴巴地喊："嫂子。"

这话一出口，瞬间惊倒一大片。

大家都好奇地往后面看去，来人不是什么名不见经传的小人物，那是高三有名的冰霜美人——何霜。

何霜从高一开始在淮岭就是备受瞩目的那种女生，典型的长得漂亮成绩又好的类型。她穿着纯白色的短袖，扎着马尾，笑起来的时候脸颊上有两个小梨窝。

"华子，好久不见。"何霜笑着和许伟华打招呼。

许伟华小心翼翼地看了一眼贺朗，回道："好久不见。"

"贺朗,一起吃饭吧?"何霜说这话的时候语气里带着笑意。

贺朗看看她,最后还是"嗯"了一声。

在食堂的二楼,许伟华等人自觉避开坐到了边上,何霜坐在贺朗对面,看着从头到尾都没有说过两句话的人轻声问:"怎么转来这边也不跟我说一声?还以为你真的要去外地来着,正想着要不要去送送。"

贺朗夹菜的动作停下来,往后靠了靠说:"老头子回来了,没走成。"

"你爸?"

"嗯。"

"其实……我挺开心的,反正你之前的高中也没有拿到毕业证,复读两年也挺好,只是你一下子年级比我还低,感觉真有些奇怪。"何霜自顾自地笑了。

周边的人除了许伟华这个和贺朗是老相识的人,都惊讶于何霜的表现。毕竟何霜在校出名还有一个广为人知的原因,据说她家庭条件一般,跟着后母生活,日子艰难,学习成了她的全部,在校很少与人来往。

贺朗撂下筷子:"你现在高三就好好学习,就当淮岭没我这个人存在。"

何霜的脸色一下子就僵了。

她匆匆站起来说："你渴吗？我去买瓶饮料。"说完不等贺朗反应，就转身离开了座位，落荒而逃。

"哎哟！"半分钟时间都没到，不远处就传来惊呼。

黎冬枝有些欲哭无泪地看着面前混乱的场景，不知是该弯下腰去捡盘子，还是该掏出纸巾擦擦面前女孩沾满酱汁的衣服。

她慌忙地道歉："那个……不好意思，不好意思。"

"没事。"何霜扯了扯身上的衣服。

"冬枝，怎么回事啊？"唐豆豆和班上几个相熟的女生听到声音围过来，有人掏出纸巾递给面前的何霜。

黎冬枝解释："你们动作太慢了，我看那边有位置急着占座，结果把人给撞了。"

"没什么大事，是我自己有些心不在焉。"何霜低头擦着衣服，脸色也没有生气的样子。

"嫂子，咋啦？"这莫名的声音从旁边传来的时候，黎冬枝才发现真的是不是冤家不聚头，转来转去都是些熟人。

贺朗跟着走上前看了看这个局面，对何霜说："回寝室换件衣服吧。"

何霜点点头道："行，下次再一起吃饭。"

"不好意思啊。"黎冬枝歉意地朝何霜笑笑。

"没关系。"何霜说完看了贺朗一眼，转身离开。

场面一时显得有些大，黎冬枝这边几个女生加上贺朗那一群七八个男生围成了一堆，不知情的还以为出了什么大事情。

有男生笑着说："黎冬枝，你还真是撞个人都能这么凑巧。"

黎冬枝作势要去踢人被贺朗一把拽住了胳膊，他看了看地上打翻的餐盘，拿出兜里的饭卡递给她说："自己重新再去打一份。"

"我不要！"黎冬枝有骨气地选择了拒绝。

结果贺朗二话没说就把卡给收回去了，转头说了一声："行了，都回去吃饭。"

黎冬枝呆了两秒，恨恨地捡起盘子嘀咕："我最爱的土豆炖牛肉刚刚就是最后一份了，你赔得起吗你？"

黎冬枝重新去打了一份新的，端着盘子找到唐豆豆几个人的时候发现她们居然和贺朗一群人坐在了一起，聊得火热。

而且，两张拼起来的桌子就只剩下贺朗对面一个空位。

看她过来了，旁边的许伟华主动把上面的盘子收拾了，冲着她喊："黎冬枝坐这儿，这儿有位置。"

"这里不是有人吗？"黎冬枝装模作样地问了一句。

许伟华笑嘻嘻地答："没了，就是刚刚你撞的那个女生，你成功给自己腾了一个位置。"

黎冬枝被噎了一下，看看对面低头吃饭的人，心想这真是物以类聚。

黎冬枝把盘子放下，另一边的唐豆豆凑过来看了看她的盘子说："冬枝，你不是不吃西蓝花吗？"

一说这个她就泄气了，瞥了唐豆豆一眼："没其他我喜欢的菜了啊，就这点西蓝花还是在那个打饭阿姨的勺子里起码颠了三下才放到我盘子里的。"

这个话头挑起，个个都有话吐槽。

黎冬枝拿起筷子再一次看了看面前沉默的人，他吃相还挺好，没有呼噜噜往嘴里刨，但是速度也不慢。

想起刚刚许伟华那声"嫂子"，黎冬枝趴下身，小声冲着面前的人问："喂，刚刚那是你女朋友？"

她刚问出口，旁边的许伟华就给了她一记手拐。

就这个间隙，贺朗突然抬头看了黎冬枝一眼说："跟你有关系？"

"她就是你早恋对象？你转来淮岭不会是为了她吧？"黎冬枝

根本没被贺朗吓住,反而有些兴致勃勃的样子。

贺朗手撑着桌子突然站起来,吓得黎冬枝往后仰了一下。她连忙摆手:"别误会,我就是想你们要是那种关系,我……我可以重新买份饭让你给她带过去。"

"不用了。"贺朗依然保持着那个姿势。

黎冬枝视线东张西望不敢与他对视,然后就听贺朗接着淡淡说了一句:"你们吃,我先走了。"

旁边的许伟华想起贺朗离开时看自己的那一眼,伸手使劲儿拍了拍自己的嘴巴。

黎冬枝奇怪地问他:"你干吗呢?"

许伟华解释:"哥和何霜,就是刚刚那个女生,不是男女朋友。因为以前家住得近,大家关系也处得挺好的,所以我们才开玩笑叫她嫂子。"

可黎冬枝的眼神分明是不相信。

3

晚自习的时候,黎冬枝果然被老吴叫到外面盘问。

"你跟我说实话,英语课的时候你究竟在干吗?"老吴毕竟不比四五十岁的老师,尽管严肃,但还是没有对着一个女生直接说方姿老师怀疑她早恋。

"那就是个误会。"黎冬枝说。

"什么误会?你……贺朗!你给我站住!"老吴突然冲着前门的位置吼了一声。

贺朗正晃悠着准备进教室。

晚上七点,教学楼的走廊里灯火通明。老吴望着慢吞吞走过来的人,恨铁不成钢道:"你看看现在几点,晚自习早就开始上课了,你又干什么去了?"

"练球。"贺朗答。

"什么时候练不行?非得上课的时候练?"

"晚上凉快。"

黎冬枝低着头笑得肩膀抖动,真担心老吴会被气得少活好几年。

贺朗看了看她,对着老吴说:"今天那事就是个乌龙,跟她没关系。"他的下巴朝黎冬枝扬了扬。

老吴没好气道:"她我倒是不担心,关键是你,还有没有点自觉性?"

老吴开始做思想工作,从校纪校规谈到人生规划。最后以一句"好自为之"作为结束语,黎冬枝全程成了旁听者,对老吴的好口才咂舌。

回到教室的时候，已经下课了。

前排唐豆豆的位置围了好几个女生叽叽喳喳地谈论着什么，黎冬枝凑上前好奇地问："你们干吗呢？"

唐豆豆转身神秘兮兮地说："请笔仙。"

黎冬枝顿时汗毛倒竖，其实从初中开始同学间就爱玩这个，她至今记得初一有一次停电，也不知是谁提起的这个，稀里糊涂就跟着做了，结果被后面一个男生一巴掌吓得一个星期没敢自己一个人上厕所。

那种体验就是，总觉得自己被鬼缠身。

唐豆豆突然把纸和笔往黎冬枝的桌子上一放，兴致勃勃地问："刚刚挨骂了？你问问笔仙老吴什么时候娶媳妇，他要是有老婆估计就懒得管你了。"

"唐豆豆你就害我吧。"

"什么叫害你？我的天，黎冬枝你别告诉我你怕鬼？"唐豆豆仿佛撞见了什么大秘密。

黎冬枝白她一眼，见着旁边无动于衷的贺朗，她突然说："怕鬼有什么奇怪的，我怎么说也是女孩子好吗？"

"女孩子？"唐豆豆狐疑，"可我怎么记得初中那次之所以失败，你说不是因为你害怕，而是因为来了大姨妈呢？"

黎冬枝气闷："……唐豆豆，你怎么这么烦啊！"

黎冬枝趴在桌上，拎着那支铅笔甩来甩去，唐豆豆还在推她："你别屎啊，都要上课了。"

"啪嗒"一声，铅笔飞出去了。

黎冬枝缓缓偏过头去，正巧对上贺朗看过来的眼神。

唐豆豆一看形势不对，立马转了回去。

"呵呵，你还好吗？"黎冬枝尴尬地朝贺朗伸出手，她刚刚看见了，笔尖正好戳到了他眉骨的位置。

结果手还没有伸过去，贺朗就转开了脸。

下一瞬间他弯下腰，从椅子底下帮她把铅笔捡起来。放到她桌上的时候，他似笑非笑地看了她一眼说："看来笔仙是愤怒了？"

黎冬枝瞬间石化。

晚上和唐豆豆一起回家。

空荡荡的街道，昏黄的路灯，枝叶摇曳沙沙作响。

两人挽着手，黎冬枝偷偷往后瞄了一眼说："豆豆，你有没有觉得背后凉飕飕的？"

唐豆豆往她身后看了一眼，脚步突然顿住。

"冬枝……你……你后面……"

"啊！"黎冬枝没敢回头，尖叫一声拉着唐豆豆就往前跑。

跑了才几步远唐豆豆就笑了起来,由一开始的压抑到哈哈大笑,她弯下腰指着黎冬枝说:"你居然……真的怕鬼,哈哈哈……"

"唐豆豆!"黎冬枝便追着去打她。

4

国庆期间,黎冬枝居然生了一场不大不小的病,感冒了好几天。

她把原因归咎为是被吓的。

等好得快差不多的时候,假期也就只剩下最后两天。恰逢班长刘浩过生日,邀请了全班一起庆祝。

"去哪儿啊?"她刚出客厅就被她爸喊住了。

"同学生日,不是跟你们说了吗?"她答。

黎建刚同志抖了抖手上的报纸,瞄了她两眼说:"去把衣服换了,你刚感冒,国庆一过就要降温。"

黎冬枝看了看外面还没落下的太阳。

她拉开门一溜烟地往外跑,隐隐的声音从楼道传来:"我来不及了啊爸,先走了,晚饭不用给我留了。"

她妈端着水果从厨房出来,看着兀自摇头的黎建刚笑着说:"放假就随便她吧,你还指望她整天像在学校穿着校服一样捂得严实?她那么大了,爱美很正常嘛。"

"我才懒得管她。"黎建刚同志口不对心地否认。

跑下楼道的黎冬枝长吁了一口气。

看着身上再正常不过的短裤和T恤,冲着楼上的窗口吐舌头,她怎么看都是一青春洋溢的少女吧,她爸却一心想把她往村姑的方向引导。

找到吃东西的摊位的时候,才发现对面就是她第一次见到贺朗的那家小超市。

反正离饭点还早,她决定去晃两圈。

抱着两大包膨化零食扔在柜台,酒鬼居然还认得她,笑着说:"我记得你。"

"许伟华那个大嘴巴说的吧?"黎冬枝不客气地坐在柜台前的高凳子上。

酒鬼笑:"漂亮女生总是让人印象深刻的。"

"这话我爱听。"黎冬枝丝毫不谦虚。

聊着聊着,黎冬枝发现这酒鬼可比那个许伟华靠谱多了,也没有贺朗身上那股子散漫中透出的戾气,很沉稳和健谈。

"开超市挣钱吗?"她好奇地问。

"咳,家里人开的。"

……

贺朗进来的时候，正巧看见这一幕。

女孩子扬着笑脸，眼睛弯成月牙的形状，坐在凳子上一下一下地晃着白生生的小腿，手里还拿着一包零食往嘴里放，像个小孩儿。

见到贺朗，她从凳子上跳下来，扬起嘴角："巧啊。"

贺朗便弯着腰进来了。

酒鬼和贺朗打了声招呼，便说："你们聊吧，我进去拿货。"

"你怎么在这儿？"贺朗转到里面，将一把钥匙扔在柜台上。

黎冬枝又再次坐到凳子上，指了指对面说："今天刘浩生日啊，我来早了，所以到这里买零食。"

贺朗随手从货架上拿下打火机，从身上掏出了一包烟。

黎冬枝认识这烟的牌子——软中华，过年的时候有人往她家送礼就送的这个。

黎冬枝敲了敲柜台面："同学，你这样用二手烟毒害我一个未成年是不是不太好？"

贺朗点烟的动作一滞，掀起眼皮看了她一眼，然后把手上的烟和打火机一起扔到了货架上。

黎冬枝弯起嘴角。

她问他："刘浩的生日会你去吗？"

"不去?"

"为什么?"

"哪有什么为什么?"

黎冬枝踢了踢柜台,想说这人一点都不会聊天。

她出来至少有一个小时了,远处的天际,残阳落下最后一点光辉。

恰巧班上有人打来电话,那边一群人吵吵嚷嚷地喊:"黎冬枝!你跑哪儿去了?怎么还没有来?"

"来了来了。"黎冬枝挂了电话跳下凳子,一边收拾着没吃完的零食,一边和站着看手机的人说,"我走了啊。"

风风火火的样子,像是身上有无尽的热情和活力。

酒鬼搬着货箱放在柜台上,顺着贺朗的视线望向门外,笑着和他说:"性格不错,挺好玩的。"

看着黎冬枝过了斑马线,贺朗收回视线,对上酒鬼的眼睛,顿了一下说:"太吵。"

黎冬枝到达地点的时候,几桌人已经吃开了。

烤串串的小摊,老板和老板娘热情地忙碌招呼着,太阳下山之后天黑得很快,街上的霓虹灯次第亮起,有种闹市里特有的喧嚣和宁静。

隔了老远，就有人冲黎冬枝招手："这儿呢。"

她过去选了个位置坐下。

都是玩得挺好的同学，有男生敲着桌子说："唐豆豆可是说你很早之前就出门了，你这么半天才来是去见情人了？"

"闭嘴。"黎冬枝端起面前刚倒上的冰可乐灌了一大口，把手上刚刚带回的几包零食扔桌上，"我能干吗，给你们买吃的去了，要是不吃全还给我。"

"开玩笑开玩笑。"刚说开零食就被抢光了。

黎冬枝居然还心虚地长舒了一口气。

"老板，还有多久啊？"人一多就显得特别吵，有人不耐烦地敲着盘子问老板。

"快了快了，十分钟！"

黎冬枝这一桌有人小声嘀咕："要不要喝酒啊？"

有人附和："男生可以喝一点，女生就算了。"

恰巧这话被寿星刘浩听见了。

"不行。"他站起来推了推鼻梁上的眼镜，看了一圈闹哄哄的同学说，"今天我最大，你们要是喝酒闹事被吴老师知道了，到时候谁负责？"

"喊,不喝就不喝,老板!再来一箱牛奶,我们需要补钙!"

哄笑中,这个话题算是就此打住。

烟熏火燎的烧烤味道飘散在空气中,一堆男生开着一些无伤大雅的玩笑,偶尔扯两个荤段子,惹得女生一直问到底是什么意思。

黎冬枝正趴在桌上和人划拳,输了就灌下一杯冰到掉牙的可乐。

不到半个小时,就急着找厕所。

她回来的时候,隔了老远就看见摊子的地方所有人都站了起来,班上同学和一堆陌生男生对峙着。

关键是唐豆豆站在旁边捂着脸,似乎在哭。

"怎么回事?"她冲上前问。

唐豆豆没松手,被黎冬枝一把拽下,一个巴掌印赫然出现在她的脸颊上。

"谁打的?"黎冬枝的声音一下子就拔高了。

唐豆豆还在抽噎,黎冬枝急了:"你倒是说呀!"

有人替唐豆豆解释,说刚刚对面突然来了一群人,指着罗晓然说要找她麻烦。唐豆豆在旁边就站起来说了两句,结果等三班这边的人反应过来的时候,唐豆豆已经替罗晓然挨了一巴掌。

明明之前还说不爱和罗晓然这种人打交道,结果还是做不到袖手旁观。

　　黎冬枝看了一眼躲在旁边的罗晓然,发现她急忙低下头往后退了退。

　　她冷了眼,站在三班这边的最前面。

　　班上的几个男生立马站在了她的身后,甚至包括了好好班长刘浩。

　　这一旦到了关键时刻,三班的凝聚力出奇对外。

　　对面大约有七八个人,看样子比他们这群高二学生也大不了多少,只是流里流气的,看着不像学生。

　　"你们刚刚谁打了我朋友?"黎冬枝问。

　　带头的是个光头,一只脚踩在摊位的凳子上,嗤笑了一声说:"是我,谁让她不自量力,自己把脸送上门,我这双手就是不听使唤怎么办?"说着,还伸出手掌冲他们挥了挥。

　　黎冬枝咬牙:"道歉。"

　　"道歉?"对面的人全都笑起来。

　　高中生活终究还是太单纯,黎冬枝不算乖乖学生,但也从没有遇见过这种没脸没皮的人。

　　黎冬枝头皮一炸,本能地就往上冲。

5

　　有双手从身后抱住了她的腰。

　　"放开我！"黎冬枝的脑袋里已经没有了理智这种东西，只想一巴掌还在对方的脸上。

　　"闹够了没有！"头顶这道沉怒的声音让她找回一丝理智。

　　黎冬枝回头一看，是贺朗。

　　他也不知道是什么时候出现的，连酒鬼和许伟华也一同跟在他的身后。

　　贺朗望着她的眼睛，等她彻底不再挣扎的时候才说："清醒了没？清醒了就给我在边上站着。"

　　黎冬枝回头就堵他一句："是他们先动手的，打女生算什么东西！"

　　"狗咬你一口，你还要咬回去？"贺朗的眼神越发沉郁。

　　黎冬枝也知道自己不像话，仿佛在刚刚的那一瞬间把这么多年的教养都扔掉了，撒泼打诨得像个女流氓。

　　贺朗看她终于蔫了下来，才放开了禁锢在她腰上的手。

　　他往前走了两步，漫不经心中又有些明显的不快，看着对面的人说："毛子，之前就警告过你，你以前如何我管不着，但你麻烦找到了淮岭是不是有些越界？"

其实从刚刚贺朗出现，那几个人就没有了一开始的嚣张气焰。

前面那个叫毛子的光头看了看贺朗，语气里还有些不甘："我也不是故意来找麻烦。"他指了指罗晓然，"有人欠债，指明让我们找她要。"

贺朗便回头看了一眼罗晓然。

罗晓然眼圈红红的，对上贺朗的眼睛便站了出来，结结巴巴地说："不是我欠的，是他们不讲道理找人要双倍利息。"

"欠债人跟你什么关系？"贺朗问。

"我……我哥。"罗晓然眼神闪躲。

贺朗的眼神冷了下来："你确定？"

罗晓然一下子就哭了，也不知道是不是被贺朗给吓的。

她说："不……不是，就是在外面认识的，他说要认我做妹妹。可我没想到，他出卖我。"

她平常和班上的人关系也就一般，身边大多是围着些男生，在外面就算有认识的人也没什么奇怪。

贺朗了解了个大概，转头看着毛子一群人说："你们道歉，并且保证别再找这个女生麻烦，今天这事儿就这么算了。"

对面有人一副想要冲出来的样子，被毛子喝住了。

毛子看了看贺朗说:"那我的钱该怎么办?"

"这我管不着。"贺朗说,"你学着社会上那些人放高利贷的事情我懒得管你,但谁欠你钱你找谁去,欺负到女生身上这种事亏你干得出来。"

毛子摸了摸光秃秃的脑袋,思考了一阵说:"可以,今天看在你贺朗的份上我保证。"

贺朗指了指唐豆豆。

"道歉吧。"他说。

"对不起喽。"毛子阴阳怪气地说。

贺朗看了看黎冬枝:"现在可以了吧?"

黎冬枝原本就有些气没消,见着毛子那副嘴脸感觉火从心起,瞪了贺朗一眼说:"这就是道歉的态度吗?"

"不然呢?"贺朗的眼眸沉沉的,声音冰冷,"你是想把警察招来,还是想在你的档案上记上一笔?"

黎冬枝没说话,面寒如霜。

贺朗的视线扫了一圈在场的人,说:"全围在这里显示你们很牛吗?今天这件事情到此为止,你们还想继续吃的就留在这里,不想吃的就全给我散了!"

出了这事谁还有心情继续吃,三三两两地便都离去。

不过几分钟的时间人就散得差不多了,除了贺朗、酒鬼和许伟华他们三个,以及黎冬枝和唐豆豆,就只剩下罗晓然。

罗晓然还在哭,她走到贺朗的面前说:"谢谢。"

贺朗皱眉:"谢我干什么?以后不要别人说什么就信什么。"

罗晓然看着他的眼神有些愣。

"行了,把人送回去吧。"贺朗这话是对身后的许伟华和酒鬼说的。

恰巧黎冬枝正准备和唐豆豆一起离开。

"黎冬枝你给我站住。"贺朗叫住她。

许伟华和酒鬼看了看情况,便叫走了罗晓然和唐豆豆。

黎冬枝站在原地,也没回头看贺朗,没好气地回一句:"干吗?"

"不服气?"贺朗走到她面前,低头看着她毛毛躁躁的头顶问。

黎冬枝抬头瞪他一眼。

红红的眼圈,一看就是气急了。

贺朗缓了声音,说:"你是打得过人家啊,还是觉得可以带着全班一起上?出事了,你是打算赔钱还是抵命?"

黎冬枝也知道自己理亏,站着不回答他。

贺朗的声音里突然带着一丝笑意:"我这个出了名的混混都没

你这二愣子的精神。"

"你说谁二愣子？"黎冬枝拿眼斜他。

贺朗拍了拍她的脑袋："走吧，送你回去？"

"不用，我自己能回去。"

"你就不怕刚刚那些人回来找你算账？"

"那个光头那么怕你，他还敢回来？"黎冬枝问他。

贺朗一顿，笑："你倒是相信我。"

送黎冬枝回去的路上，两人一路沉默。

炙热的夏天过去，夜晚的空气中终于有了一丝凉意。陌生人家围墙上栽种着爬山虎和不知名的黄色小花，风一过，传来幽幽暗香。

黎冬枝本就是个不记仇的，走了半天，心中那点不平早已烟消云散。

她看了看走在身侧离她只有一步之遥的贺朗。

他的手插在裤兜里，身量比她高了许多。

"你和刚刚那伙人认识啊？"她问。有点没话找话的意思，声音在夜色里显得很清晰。

"以前有过一点过节儿。"他说。

"你以前经常在外面打架？"

贺朗转过头看她一眼，顿了一下："没有。"

不论黎冬枝信与不信，用许伟华和酒鬼以前的话来说，贺朗一般很少动手打架的，但他打架特别狠，像亡命，所以很少有人惹他。

其实就在刚才他们还在酒鬼的超市里时，酒鬼还说他转性了，现在中规中矩待在学校，从来不挑事儿。

"阿嚏！"

安静的空气突然被黎冬枝一个喷嚏打破。

"感冒了？"贺朗问。

黎冬枝揉了揉鼻尖，皱皱秀气的眉说："前两天感冒了，刚好。"

贺朗瞄了两眼她露着胳膊和大腿的衣服，说了一句："走吧，快点。"

"绅士这个时候不是应该给我披一件衣服吗？"黎冬枝瞄了他两眼。

贺朗拎了拎自己的领口："这件？"

黎冬枝点头。

"凭什么？"贺朗回。

黎冬枝："……"

她无语了半天："我就是说说而已，你这人怎么连假客套都不会？"再说，她又不是没发现他只穿了一件T恤。

她才没兴趣看他裸奔呢。

黎冬枝回到家发现她爸正在窗户边东张西望,便好奇地问:"爸,你干吗呢?"

黎建刚同志立马放下窗帘,回了一句:"没干什么。"

黎冬枝"哦"了一声就准备回房间。

她爸突然叫住她,貌似无所谓地问:"今天同学生日过得怎么样?"

"挺好的。"黎冬枝疑惑地看向她爸。黎建刚同志以前可是很少关心这种事情的,逗逗猫逗逗狗,实在无聊逗逗老婆,什么时候会关心这种鸡毛蒜皮的事情。

她爸点点头,随口说:"那就好,那个……你要是有什么心事可以跟爸爸说,无论是学习上,还是……还是情感上。"

黎冬枝往窗户边看了看,心下了然,黎建刚同志估计刚刚看见贺朗了。

她面不改色地说:"爸,刚刚楼下那个人就是对面那个修理厂新来的修车工,问路的。"

"哦,嗯?楼下什么人,我没看见啊。"

说出口才有些疑惑,那个小伙子是修车工?不像啊!

Chapter3
/ 你凭什么藐视我这样的学神 /

1

黎冬枝完全没想到那件事还是被捅到了老吴那里。

好在没有上报到学校。

老吴把黎冬枝和罗晓然叫到办公室问话。大中午的,办公室里没什么人,就只有老吴还在翻着作业。

他一看到黎冬枝就用笔在桌子上咚咚敲了几下,说:"黎冬枝又是你!你说你最近怎么三天两头给我惹事……"

黎冬枝乖乖站着让他训。

训了半天看她不搭腔,他便转头问旁边的罗晓然:"贺朗呢?不是让他一起来?"

"吴老师,贺朗估计上厕所去了。"

黎冬枝内心翻白眼,那家伙分明就是没打算来。

老吴让罗晓然去叫贺朗。

罗晓然走之前还特意说了一句:"吴老师,这次是贺朗帮忙,闹事的不是他。"

"我知道。"老吴说。

反正不知道罗晓然是怎么和贺朗说的,大约十分钟之后他出现在了办公室门口。

刚好听到黎冬枝说了一句:"老吴,分明是我们在学校外面被人欺负了哎,你讲点道理好不好!"有点小蛮横,天不怕地不怕的样子。

老吴半天都没找着话来说她,油盐不进的样子,可气坏了他,刚好看到门外的贺朗。

"站着干什么?还不快进来!你说说你们一个两个的,好学生没有好学生的样子,还有你贺朗,我把你们调在一起是为了什么?是希望你能好好学习,是希望你黎冬枝在辅导别人的时候能够学会严谨一些,结果呢?好的不学,学人家打架!"

"没打起来。"黎冬枝插嘴解释。

"我不知道吗?"老吴吼了一句。

贺朗从头到尾什么都没说,就插着兜站在边上。好在老吴也大概知道经过,没打算训他。

训黎冬枝的时候,他指着贺朗说:"黎冬枝你是越来越没有样子了,我这次听说要不是贺朗在,你恐怕不是进医院就是进局子。这里已经有个大流氓了,我是让你跟他学做一个小流氓吗?"

贺朗居然还笑了一声,惹来黎冬枝一个大白眼。

她闷闷地说:"不是。"

她表示很郁闷,一个两个都说她像流氓。

老吴接着语重心长地说道:"黎冬枝,你要是一心一意把心思用在学习上,考试别老是粗心大意,别说回回考年级第一,就是清华北大都是有可能的,知道吗?你又不是不知道,淮岭每年的升学率那么高……"

黎冬枝向来不爱死读书,加上现在又才高二,她承认自己没做到百分百的努力,有些投机取巧。

最后,还是老吴决定让她打扫一个月的女厕所,算是放过了她。

等到黎冬枝和罗晓然都离开办公室了,老吴才不咸不淡地看了一眼还站在边上的贺朗。

他点了点旁边的沙发:"坐吧。"

"不用,我站着就行。"贺朗说。

老吴也没勉强,抽出一个文件夹递给他说:"这是你爸为淮岭建设所花的钱,你看看吧。"

"这有什么好看的。"他没接,连看都没看一眼。

老吴叹了一口气:"你们这个年纪对父母有些误解是很正常的,但你毕竟不小了,像你这种学习态度学校还没开除你的原因你不会不知道。"

贺朗没说是与不是,看着窗外愣神。

老吴也没再说什么,反而走上前拍了拍他的肩膀。

等到让贺朗离开的时候,他对着贺朗说了一句:"你爸他……挺后悔的,你有空还是常回去看看吧,别老在外边晃荡。"

贺朗顿了一下,最后还是"嗯"了一声。

也不知听没听进去。

大概是两周以后。

黎冬枝发现最近贺朗似乎有些转性,也不是说他突然良心发现开始认真读书,只是很少迟到早退,每天按时按点。

黎冬枝反而显得很惨,她已经扫了两个星期的女厕所了,内心有些崩溃。

某天晚自习打铃之前,黎冬枝还在女厕所门外奋战,她拿着根水管堵住半个口子,隔了老远就往里面冲。

"黎冬枝你要死啊,里面还有人!"唐豆豆在里面大叫。

她连忙松开手,还以为唐豆豆已经出来了。

结果一个不妨,快速跑出来的唐豆豆一把抢过管子,照着黎冬枝身上就那么一甩。两人来回抢着,水很快就把两人的衣服打湿。

"你俩干吗呢?都快要上课了。"

这突然出现的人就是纪东林。

五班的教室就在这一层的厕所旁边,之前纪东林知道黎冬枝被罚扫厕所的时候,说了她两声"活该",每天又忍不住都会出来看看情况。

这倒好,看着还挺开心。

黎冬枝和唐豆豆听到声音终于停下了打闹。纪东林扫了黎冬枝身上一眼说:"在这儿等着,我很快出来。"

结果他刚进教室就打了上课铃。

唐豆豆拽着黎冬枝的衣服说:"快走快走,方姿不是说晚自习打铃之后她要来听写英文单词吗?"

黎冬枝连忙甩下水管,拉着唐豆豆就往教室跑。

等到纪东林拿着外套出来的时候，已经不见两人的身影。他想追过去，结果却被踏进教室的班主任叫住了。

他只好无奈止步。

好在冲到自己班级的教室门口时，唐豆豆及时拉住了黎冬枝。她指了指黎冬枝胸前的位置，有点尴尬和不好意思。

黎冬枝低头看了看，一把捂住自己的胸。

被淋湿得不是特别多，但是棉质的白色衣服一沾水就变得透明，她那件黑色带着蕾丝花边的内衣清晰可见。

唐豆豆原本要把衣服脱下来给她，结果方姿已经先一步到了教室，见了两人说："还不快进来，马上开始听写。"

黎冬枝一咬牙，只好把手搭在唐豆豆肩上让她走在前面。到了位置上的时候，迅速弯腰缩到了椅子上。

眨眼的工夫，头顶突然罩下一件衣服，淡淡的洗衣粉味道充斥鼻腔。

她扒拉了下来抱在胸前，往旁边瞟了一眼，就听贺朗说："你是在扫厕所，还是掉进厕所了？"

"你才掉进厕所了。"黎冬枝回了他一句。

方姿已经快要开始念单词了，她管不了三七二十一就把校服外套往身上一裹，抽出听写本，开始默写。

贺朗的校服尺码明显大了很多,将黎冬枝整个人包裹起来。

贺朗看她弓着背,缩成一团趴在桌子上。

垂着眼,睫毛看起来很长。

慢慢走下来的英语老师方姿还在说:"等下写完了就把本子往第一排传,再给我点一下人数,我看看到底是哪些人没有交,没有交的就把所有单词给我抄十遍。熊其,眼睛看哪儿呢?自己写自己的。"

黎冬枝用手肘推了推贺朗,偏头看他一眼催促:"写啊。"

贺朗挑了一下眉,还是抽出了本子,却没有动笔。

黎冬枝瞄了他两眼,故意把本子往旁边的位置推了推,也没有说话。

贺朗对她的小动作不置可否,眼里隐藏的那点笑意未被人窥见。

2

黎冬枝收听写本的时候,终于看到了贺朗的名字。

她到现在还记得老吴之前教育她的话,让她把全部心思放在学习和帮助同学上,并且还让她保证,贺朗的期末成绩必须在年级前进一百名。

黎冬枝在讲台的位置清点作业。

她看了看贺朗。

他靠在椅子上抱着手臂看窗外,从黎冬枝的距离和角度能够看见他的下颌线条和模糊的轮廓。不知道他在想什么,在吵闹的教室安静如斯。

许伟华最近也在纳闷,总感觉贺朗自从上次进了老吴的办公室之后情绪不太对。但他就是个五大三粗的人,转眼就把这点事情抛之脑后。

关键是这两天更奇怪了。

就说作业这事儿,他向来习惯抄两份,自己一份贺朗一份。可有一次他刚拿起贺朗的练习册,旁边的黎冬枝就一把抢了回去,扔在贺朗的课桌上说:"自己做。"

贺朗居然没发火,还有兴趣捡起来翻了两页,然后才对着黎冬枝说:"不会。"

"哪儿不会?"

"都不会。"

这样的对话之后,他往往能看见一个显得特别别扭但是又出奇和谐的画面。

他一直尊称为哥的那个贺朗,那个以前一个眼神就能让人不敢靠近的人,居然会撑着下巴,安安静静地听一个人给自己讲题。

对话往往如下。

"听懂了吗?"女生问。

"没有。"贺朗说。

"哪儿没听懂?"

"都没懂。"

这个时候黎冬枝就开始发火,一脸不高兴地问:"你真的上过一个完整的高中?你以前都干吗去了?这明明是高一入门知识点。"

她被惹急了,把作业一推说不讲了!

可撑不过一节课的时间,会在下一次他作业空着的时候,自虐一样抽出他连拿都没有拿出来的练习册,别扭地故意扬着下巴说:"真是看不下去,你要不交,老吴又该找我了。"

然后,许伟华就会发现贺朗会露出那种他从来没有见过的表情。用他贫瘠的词汇量来形容,大概是眼中有光,似包容,似放纵。

他觉得自己可能是疯了吧。

这样的情况是在不知不觉中发生的,像是每天喝水吃饭一样自然而然。

时间悄然溜走,黎冬枝后知后觉地发现,在贺朗身上她的耐心有着无尽的潜能。

她爸以前总教训她,三分钟热度。

如果看到她给一个人讲题,从化学的氯原子结构到生物的走进细胞;从外语的语法语态到数学的立体几何。她爸肯定会改变看法。

囊括的学科和知识点之广,她自己都觉得讶异。

但明显,效果一般。

"做这个。"黎冬枝把一张全新的语文卷子拍在贺朗的桌上。

他看了看卷面,转头盯着她。

黎冬枝发现贺朗有一个毛病,那就是他做题往往只选择自己感兴趣的,比如数学和物理,而语文就成了他基本不会考虑的学科。

而且,她有一种错觉,在讲数学和物理题的时候有时候思路卡住了,贺朗还会稍稍点醒一下。不像是她在讲,反而像贺朗带着她。

她问他:"你是不是会啊?"

而他往往摇头。

黎冬枝不作他想,撇嘴道:"像你这样偏科是不行的,要想提高成绩需要全面发展,不能只挑喜欢的做啊。这又不是选吃的,还能净选自己喜欢的……"

看着贺朗一动不动的眼神,黎冬枝住了嘴。她蹙眉:"你盯着我干吗?我说错了?"

窗外阳光正盛，能清楚看见女孩脸上细细的绒毛。细白的牙齿若隐若现，神情有点像某种固执的小动物。

"嗯，你没说错。"贺朗屈起食指关节轻轻敲了一下她的额头。

黎冬枝的脑袋"嗡"的一下，蒙了。总觉得这个动作有点儿亲昵的味道，还有刚刚不知是不是她的错觉，贺朗是笑了吧？而且那个笑怎么看怎么……

贺朗缓慢地收回手，提醒她："老师来了。"

学期过半，黎冬枝扫厕所的任务依然艰巨。

唐豆豆说她看上了一个高三的学长，偷偷拉着黎冬枝去瞄过两回。

那个男生还算高，皮肤比女生还要白。

黎冬枝好奇地问："你原来喜欢这款吗？这长得的确还行，但你不觉得他太娘气了吗？"

"你懂什么？这种奶油小生就是拿来疼的知道不？"

黎冬枝做呕吐状。

回程的途中，黎冬枝惊讶道："你还真打算追啊？那哥们儿还不如纪东林呢。"

她瞬间就感觉到了唐豆豆的鄙视。

"纪东林喜欢你，不是吗？"唐豆豆的语气很认真。

黎冬枝被吓到了,摆手:"别啊,他就是发小,以前开的玩笑你还当真啊?"

唐豆豆似笑非笑地看了她一眼说:"冬枝,全世界大概只有你还一直相信,他拿你当朋友。"

总是处处维护,默默守候,心甘情愿做她的朋友。

就像以前的唐豆豆一样。

唐豆豆有一个没有告诉黎冬枝的秘密,她其实向纪东林告白过。

那时候还是初中,她和黎冬枝都还没有认识多久。

纪东林指着黎冬枝,对唐豆豆说:"那就是我喜欢的人,我知道你们也是朋友,所以不想因为这件事伤害到她。"

因为这句话,她退居在朋友的那条线。

之所以没有告诉黎冬枝,大约也是因为知道自己的喜欢没那么执着。直到现在,她也只是不想失去自己最好的两个朋友。

不像纪东林。

周三的下午,纪东林来找黎冬枝。

唐豆豆并没有放弃去追寻她的奶油小生,因为黎冬枝还要扫厕所,所以把每天带晚饭的艰巨任务交给了纪东林。

纪东林来的时候，教室里没其他人，黎冬枝正拿着一张贺朗做的语文试卷在改。因为贺朗打球去了，所以即使看到卷子上面需要背诵的地方有大片大片空白，她也是有气没处撒。

"就知道还是你靠谱，唐豆豆那个有异性没人性的家伙根本靠不住。"黎冬枝让纪东林在唐豆豆的位置上坐下。

纪东林笑着问："你什么时候这么刻苦了？"

"同桌的。"她说。

纪东林的动作顿了一下，他知道黎冬枝的同桌是谁。

"不是让你少和这种人混在一起吗？"纪东林说。

黎冬枝根本就没有听进去，揭开饭盒盖子顿时喜笑颜开，全都是她爱吃的。她迫不及待地舀了一勺放进嘴里，含混地说："他其实还好啦，哪有传言中那么夸张。"

纪东林看着她的吃相让她吃慢一点，还是忍不住说："你别老看人家帅就傻了吧唧地往前凑。"

他的本意是让她懂得矜持，结果她笑嘻嘻地问他一句："帅吧？作为同性你也觉得他帅对不对？以前我就觉得他全身上下也就脸能看了，不过现在看来挺好的。"

纪东林的脸越来越僵，冷声问："哪儿好了？自从他进了你们班，你被叫到老师办公室的次数比你过去一年还多。"

黎冬枝用勺子指着纪东林，瞪着眼警告："不许打小报告啊！"

他僵硬的脸一下子就垮了。

就像唐豆豆所说的那样,全世界都知道纪东林喜欢黎冬枝。

很小的时候他和豆丁大点的漂亮小姑娘打架,是想吸引她的注意力;年纪大一点的时候心甘情愿替她背下各种黑锅。无论是训斥、故作嫌弃,还是无可奈何,他在她面前永远是克制的。

不是没说过要不要在一起,她只当他开玩笑。

直到如今,他们的关系其实已经不能简单用喜欢或者不喜欢来概括,就像是一开始就出现在你生命里的人一样,哪怕经年,哪怕错过,你也想要说一句,要过得开心。

那是再简单不过,又纯粹的情感。

3

三班一群男生勾肩搭背回来的时候,纪东林正在和黎冬枝僵持,两人之间的气氛有些怪。

起因就是黎冬枝问了一句:"纪东林,你是不是真的喜欢我啊?"她本意就是开个玩笑,加上之前唐豆豆那么说,她又是个藏不住事的。

纪东林突然严肃地看了她一眼反问:"你说呢?"

黎冬枝瞬间就愣了。她尴尬地哈哈笑了两声，说："你真会开玩笑。"

"嗯，我开玩笑的。"纪东林分明那样说了，可是黎冬枝一点都感觉不出来他在开玩笑。这个时候她就开始无比痛恨，她的高智商为什么找不到话来打破这个气氛？

纪东林看了她半天，站起来说要走了。

黎冬枝一下子拽住了他的衣袖，对上那张再熟悉不过的脸，她想起了很小的时候的一件事。她拿木棍把邻居家的玻璃给敲碎了，怕被爸妈骂就一个劲哭，是纪东林站出来说是他闯的祸，被他爸逮住好一顿打。

那样的事情数不胜数。

当年，她趴在门口偷偷看到的，那张明明挨打还冲她笑的脸与面前这个清俊少年的脸突然重合。

黎冬枝突然就有点鼻酸。

她甩了甩他的胳膊说："纪东林，你是不是不打算理我了？"

"嗯，我不打算理你了。"纪东林说。

黎冬枝顿了一下，赌气说："纪东林你怎么变得这么小气啊！你爱 唆，你以前还打我小报告，我才不会喜欢你这一款！"

纪东林笑了一下："那你喜欢哪款？"

"长得帅的。"

贺朗就是在这个时候出现的。纪东林的笑容淡下来,冷冷看了一眼搭着校服晃过来的人。

贺朗瞥了他一眼,擦身而过。

黎冬枝还没松手,纪东林再次把视线转向她,温和下来说:"行了,逗你玩的,要上课了,周末一起吃饭。"

黎冬枝这才将信将疑地松开了他的衣服。

教室里同学们陆陆续续地回来了,有人招呼着贺朗说:"贺朗,周末有篮球赛,约吗?"

"不去。"他说。

黎冬枝站起来准备让贺朗进去,听到他突然问:"长得帅的?"

黎冬枝先是一脸茫然,然后才知道他铁定是听见了刚刚的对话,没好气地回了一句:"对啊,我就是这么肤浅。"

"所以你喜欢我?"他随口就接了这么一句。

吓得黎冬枝差点把手上的笔戳进肉里,她用惊魂不定的眼神看了一眼贺朗。

他又问:"难道我长得不帅?"

黎冬枝结巴了:"你……我……"

贺朗的唇线弯起弧度,看她傻愣着半天说不出话来的样子,将手捏成拳放在嘴边掩饰了一下。他揉乱了她的发丝,说:"脑子是很重要的东西,不能光用在学习上。"

黎冬枝当时的那个心情,不是一句复杂就能解释。

心脏"咚咚咚"跳得不正常。

看到面前的卷子找回了一丝面子,她一巴掌将卷子拍在他的课桌上说:"你一张卷子做成这样,凭什么藐视我这样的学神?"

贺朗拿起卷子扫了一眼,直接扔进了课桌。

气得黎冬枝整整一个晚上都没跟他搭一句话。

第二天一早进教室,贺朗破天荒来得比她还早。

黎冬枝刚到座位上就发现课桌上面放着几个漂亮的小蛋糕,她狐疑地四处看了看,最后还是问贺朗:"你的?"

他正翻着书,看了蛋糕一眼淡淡地说:"别人给的,我不爱吃甜的。你要不想吃就扔了。"

黎冬枝立马坐下,将手拢成环状圈住小蛋糕。

她看了看贺朗笑着说:"没事,我不嫌弃。"

他"嗯"了一声。

鉴于小蛋糕的恩情,黎冬枝决定在期中测试之前给他恶补一下语文知识点。

上语文课的时候,她基本有半节课的时间是一直趴在桌上的。

贺朗看了看她递过来的一沓便利贴,还夹带着一张小字条。

上面用秀气的字写着:"我无私地把这么多次练习经验传授给你,都是必背重点,临时抱下佛脚,不用谢我了!"

小便利贴上的内容很多,苏轼的《赤壁赋》、温庭筠的《菩萨蛮》等,常考的重点句式还用红笔勾勒过。

这对语文积累来说是杯水车薪,但总比到时候他全空着要好。

黎冬枝虽然看着黑板,其实一直用余光偷偷观察着贺朗。

看到他先是看了她一眼,然后居然真的把便利贴贴在他课桌的左上角,还把那张小字条夹在了某本书里。

黎冬枝小小窃喜了一下。

就在期中测试的那几天,唐豆豆追人的伟大事业持续发酵。

她让黎冬枝帮她写一封情书。

唐豆豆是这样说的:"我在学校的图书馆撞见了他,管理员的小女儿在书架上面够书时,差点被砸。你都不知道他冲过去抱住小女孩的一瞬间有多英勇,我跟你说,我彻底沦陷了。我甚至都能想象他一定会成为一个温柔的父亲的样子。"

黎冬枝觉得信息量有点大,嘴角直抽抽。

抱着小女孩躲过一本书能用英勇形容？还有人家就算成了温柔的爸爸，孩子能跟你有关？

黎冬枝抖着手上的粉红色信封，冲着唐豆豆说："豆豆，这都什么年代了，人家莫言都已经拿了诺贝尔文学奖，你还暗戳戳地给人写情书？"

最后黎冬枝被缠得没办法，答应了这件她认为一点也不酷的事情。

但是……这不是她擅长的事情。

上课的时候，她还偷偷用手机查资料。

网上都是什么"我想我是坠入了爱河，因为你那不经意的笑，谁能将我拯救，因为你让我沉浸在甜蜜的痛苦中"……

等到她好不容易憋出一封自己都不知道写了些什么的情书，唐豆豆居然试图拉着她一起去送，好在她严词拒绝了。

第二节下课，课间操时间。

班长刘浩请病假，黎冬枝代替他清点人数。

广播还没有响起，她和几个女生在后面的位置追着打闹。

头发突然被扯住了，她"嘶"了一声。

她刚要发怒，就着被扯住的姿势仰头看过去，看到了贺朗的下巴。

他用眼神示意了一下前面，黎冬枝立马发现老吴正背着手不知看了她多久，一脸要上来逮她的架势。

黎冬枝两步就绕到了贺朗的背后，缩着脖子装乌龟。

贺朗和老吴对视了一眼，背后的人还抓着他的衣服没有松手，嘴上念念叨叨地说着"看不到我，看不到我"。

贺朗有些好笑。

他反手抓住了她的胳膊，把她扯到自己的前面的位置说："不想被训就站好。"

黎冬枝就规规矩矩地站着。

"全国中学生第三套广播体操——舞动青春现在开始……"从贺朗的位置看过去，能看见黎冬枝明显懒洋洋的姿势并不标准，一会儿低头一会儿左摇右晃，明显是心虚地躲着老吴的视线。

许伟华在贺朗的旁边笑着说："黎冬枝，你今天咋站这儿来了？"

黎冬枝便回头瞥了贺朗一眼，小声说："抱着大树好乘凉呀。"

"什么意思？"许伟华疑惑地问贺朗。

贺朗看了看女孩的后脑勺，凉凉地说了一句："你问题太多了。"

许伟华看看这个，再看看那个，聪明地选择了闭嘴。

课间操结束她顺着人流慢慢往出口处涌动,黎冬枝不算高,挤在人堆里基本看不到路,算是踩着人群的脚后跟一步一步往前挪。

头顶突然被罩住。

应该说是被一只手掌罩住了头,黎冬枝顺着那股力转头,看到了鹤立鸡群的贺朗。正在感慨长得高上面的空气会不会不一样,就被贺朗带着从旁边过去了。

人群一下子松散了很多,黎冬枝吁了口气。

挤出操场的出口,黎冬枝正被许伟华吐槽腿短,就发现走在旁边的贺朗突然停住了脚步。

几人都顺着他的视线看过去。

站在路边阶梯上的人,正是何霜。

何霜朝众人挥了挥手。

贺朗说:"你们先走,我过去一下。"

黎冬枝沉默着没有说话。

许伟华拍了拍黎冬枝的胳膊说:"走了,愣着干吗?"

她应了一声,往旁边看去,正好看到贺朗上了台阶,可能是问了对方一句什么,上面的何霜正看着他笑。

她心里突然"咯噔"一下。

那样的感觉像是平静的湖面突然被扔进一颗小石子,叮咚之后,层层涟漪一圈圈荡漾开。

她恍惚间明白了一些什么，似乎又什么也不明白。

4

高三已经不用做课间操了。

何霜等了贺朗许久，看着从阶梯上一步步靠近的人。认识他那一年，她也不过十一岁，可以说见证了彼此一点点长成了今天这个样子。

寒冬腊月，她被后母赶出家门。

比她大不了多少的小少年将她护在身后，面目凶狠。如果不是他这些年一次次维护，不是他那一句"有任何事情，可以来找我"，她大约不会成为今天的自己，不会有令她骄傲的学业，等来一个可见的，还充满希望的未来。

可她也无比清楚，他那句"只是因为觉得那时候的你和我很像"，把她欲言又止的告白扼杀在摇篮。

即使这样，她依然不甘。

"找我什么事？"贺朗站到她的面前问。

何霜看着他，他已经真的不再是那个靠着一股子狠劲儿就不懂得什么叫害怕的少年，他开始变得沉稳，学会了遇事波澜不惊，不动声色。

何霜笑了一下:"我来是打算告诉你一声,那笔钱我拿到了,大学的补助金也申请下来了,比预想当中还要多一些。"

"什么时候的事?"贺朗开口问。

"就昨天。"

何霜的父亲是因为意外过世的,那笔补偿金被她的后母霸占。而这些事情最近相继得到解决,意味着她终于可以彻底脱离那个恶心的地方,那段除了贺朗没有一点值得她回忆和留恋的青春岁月。

何霜看着贺朗笑了一下说:"贺朗,这次多亏了你爸爸,是因为他的关系这些事情才能这么快得到解决。我……能当面谢谢他吗?"

何霜从来没有想过,自小父母离异,跟着爷爷奶奶生活的人,会突然出现一个父亲。

这个父亲带回了金钱、权力和荣誉。

用尽一切办法补偿对儿子的亏欠,甚至还帮助了她这个被误以为是贺朗在意的女生。

但是对贺朗,她始终没有摸清他对他父亲,抱着怎样的态度。

贺朗似乎对他父亲会出手帮忙这件事并没有感到意外,看了何霜一眼说:"我没和他住一起,地址我可以给你。"

何霜点点头。

她原本还准备说什么,贺朗已经先一步开口说没事他就先走了。

看着他离去的背影,何霜低声说:"就不能陪我一起去吗?你都不在,我去又有什么意义。"

贺朗脚步一顿,终究还是头也没回地离开了。

回到教室的黎冬枝一直心不在焉的。

唐豆豆苦着脸回来的时候,喊了她好几声她才有了反应。

"怎么了?"她问。

唐豆豆说:"我被无情地拒绝了,应该说我的情书都没有送出去,刚到高三那边就看见年级主任经过,我一紧张就把那封信给扔进垃圾桶了。"

黎冬枝终于回过神来,咬牙切齿地说:"你知不知道那封信我整整写了一个星期啊?"

"我错了。"唐豆豆做投降状。不过她很快话锋一转,神秘兮兮地说,"你知道我在高三部那边撞见谁了吗?"

"谁啊?"黎冬枝问。

"何霜。就是你上次在食堂撞见的那位,我刚刚看见她低着头,眼睛红红的。"

黎冬枝动作僵了一下,然后瞥唐豆豆一眼说:"你怎么这么八卦?"

"什么呀。"唐豆豆凑过来神秘兮兮地说,"最近学校不知怎么传出的绯闻,说何霜是贺朗的前女友,你想想都是学校比较出名的人,当然备受关注。"

前女友?黎冬枝嘀咕,我看是现女友还差不多。

两分钟不到,隔了老远,黎冬枝就看见了贺朗的身影。

她立马抽出下节课的书,装作预习。

直到身边站了个身影。

结果,她等了半天也没有听见他让她让位置的声音。

她败下阵来,仰起头看了旁边的人一眼:"什么时候回来的?怎么不叫我?"

贺朗的神色分明是知道却又一副不说的样子。

黎冬枝都还没有站起来,贺朗先一步朝她趴了下来。

她惊呼一声,吓得都快要闭上眼睛,结果发现对方只是越过她从自己的位置上提起了背包。

贺朗敲了敲她的脑袋:"我先走了,请过假,老吴问起来就说我提前走了。"

黎冬枝的脸腾地就红了。

也不知是因为自己刚刚闪躲的姿势看起来傻气,还是因为贺朗自然而然的态度和动作。

结果这大爷背上包,说走就走。

黎冬枝反应过来的时候才在心里说了一句,我看你是急着去约会吧。

不远处的许伟华叫了贺朗两声也没被搭理,回过头来问黎冬枝:"他要干吗去啊?不是还有两节课吗?"

黎冬枝说:"你天天跟在他后面都不知道,我怎么知道?"

许伟华抓了抓脑袋,心说她口气怎么这么冲?

不过看刚刚贺朗的行为,不仅离开学校学会了请假,连离开的时候还得跟人报备一声,就冲这一点,他也决定要好好抱紧黎冬枝的大腿。

结果老吴上数学课的时候,只是往贺朗的位置上看了两眼,问都没问,害得黎冬枝准备了半天的借口一句都没有说。

晚上回家的时候,刚好撞见父母正在收拾行李,一副要出门的样子。

"你们干吗去啊?"黎冬枝随口问。

孔女士从包里抽出一张百元大钞,递给她:"你爸这个周末要到乡下去做一个考察项目，我要跟着去，吃饭什么的你就自己解决吧。"

黎冬枝撇嘴，见怪不怪。

正在客厅中央收拾行李箱的黎建刚同志插了一句嘴："一个周末哪用得着一百块，你别拿着钱出去疯知道吗？"

黎冬枝翻了个白眼，甩了甩手上的钱冲他们说："小的时候就为了二人世界把我一个人丢在家，我能活到这么大你该庆幸我生命力顽强……"

她爸站起来，动作大气地从身上摸出钱包，拿了张十块纸币递给她："行了，回回都是这个招数，就不能有点儿新鲜的？"

她妈在一边笑着不说话。

黎冬枝往她爸身边凑，往钱包里瞄了两眼，撒娇："爸，嘻嘻……"

黎建刚同志无奈地看她一眼，又抽出一张一百元递给她："行了吧。"

"行了行了，你最好了。"黎冬枝连忙点头。

她爸妈是要赶单位连夜的长途车走，交代了两声便离开了。

送走父母的人回到卧室，跳起来蹦到床上，拿过床头柜的手机拨了唐豆豆的电话。

"周末出去玩吧?"

"去哪儿?"

"游乐场行不行?"

"行,那我多找几个人吧,反正考试都过了……"

此时已经出家门很远的黎建刚同志很有先见之明,拖着行李箱说:"我们前脚刚一走,她拿了钱铁定在家坐不住。"

孔女士白了他一眼:"钱本来就是你自己说她上次期中考了第一,要奖励给她的。"

"……"

5

周六的时候,黎冬枝早早就在游乐场门口等人。

天气已经开始变凉了,黎冬枝穿了件白色的短款毛衣外套,衣领处还有两个毛绒小球。游乐场门口人来人往,她站在那儿东张西望的样子很是扎眼。

结果看到浩浩荡荡朝她走来的一群人,彻底石化。

"怎么回事?"黎冬枝把唐豆豆拉到一边问。

"我也不知道啊。"唐豆豆摊着手做无奈状,"原本准备叫两个女生,结果许伟华那个看见漂亮妹妹就走不动路的家伙非要跟来。"

"那罗晓然和贺朗怎么也来了？"黎冬枝指着站在最后面的两个人悄声问。

唐豆豆瞥了一眼："半路撞见的，当时罗晓然似乎拉着贺朗在说什么，结果一听说我们要来游乐场，非得跟着来。"

黎冬枝想，什么事情非得约在大周末来说？

她往那个方向看了一眼，一下子撞见了贺朗的视线，心下一跳，连忙转开视线。

罗晓然不再绕着贺朗转，走上前来说："今天比较凑巧，我们反正也没什么大事，大家一起玩不介意吧？"

"没事啊，都一样。"黎冬枝随意地笑了笑。

一行人买了票便开始往里面进发。

"先去玩什么？"有女生问。

"你们女生也就适合坐坐旋转木马什么的，太刺激的不适合你们。"许伟华像个话痨。

"你去还差不多。"罗晓然跟上前接话。

走着走着，黎冬枝和贺朗慢慢走在了最后面。

"你居然会来游乐场？"黎冬枝先开口，瞄了一眼旁边的人。

"我来很奇怪？"贺朗挑眉。

黎冬枝分明不是说他来游乐场奇怪，奇怪的是和他一起来的人居然是罗晓然。

她故意说："看来你桃花很旺嘛。"

一个何霜不清不楚，现在还有一个自从上次校外冲突过后就老往身边凑的罗晓然。

贺朗不动声色地看了她一眼，看得她心里发虚。

然后他看着前面说："就是在路上撞见的。"

"嗯，撞见我信，至于是蓄意还是偶然那就说不清楚了。"她一副点头认真分析的样子，惹来贺朗无声的笑。

他看了看走在前面的一群人，突然俯身附在她耳边轻声说："我知道不是偶然。"

嗯？黎冬枝瞪大眼睛看他。

离她只有不到一寸距离的贺朗突然抿了下嘴唇，看着她的眼睛说："所以我才答应来游乐场求助啊，怎么样？帮我甩开她，今天就当我请你玩？"

"咚咚咚……"

那种熟悉的心跳又开始了。

黎冬枝咽了咽口水，狐疑地看着他。

她指了指走在前面的罗晓然说:"你不是最擅长散发生人勿近的气场的吗,还要我帮忙?"

结果他居然点了点头。

黎冬枝无语:"呃,我……我尽量。"

"天哪,这个太可怕了,我不玩。"一个小时不到,黎冬枝听到罗晓然说这句话已经不下十遍了,而且每一次都是对着贺朗说的。

唐豆豆最先忍不下去,直接说:"你什么都不玩,你来游乐场干吗?约会啊?"

"唐豆豆你……"罗晓然半天说不出话来,看了看身边的贺朗,一下子就红了脸。

她原本是打听到了贺朗常去的地方,想去碰碰运气,没想到真就撞见了。

他一开始的态度,甚至让她不敢接近。

结果她提出要来游乐场的时候,他居然松口了。

这还不好好抓住机会,她岂不是傻?

全程贺朗什么项目都没有参与,像是来参观的一样。

而罗晓然一直不玩黏在他身边。黎冬枝表示无能为力,她还没有玩疯,并且心情也没有好到哪儿。

到了游乐设施非常著名的大摆锤下面，黎冬枝说："玩这个吧？"

"我不要。"所有人都是拒绝的态度。

黎冬枝也不强求，她都要去排队了，手腕却被人抓住。

"干吗？"她疑惑地看向突然伸出手的贺朗。

他并没有松开，反而有些认真地说："你一个蛙跳半圈都做不到的人，确定能承受这个？差不多行了。"

"喊，少瞧不起人。"黎冬枝挣开他的手。

贺朗也没有和她争辩，问她："你一定要去？"

"去。"

他便不再说什么了，脱下身上的黑色短外套扔给了旁边的许伟华，挽了挽内衫的袖子说："走吧，一起。"

黎冬枝半天回不过神，啊？哦，然后才连忙小跑着跟上。

后面的罗晓然"哎"了一声，往前踏了两步想要说什么已经来不及，只能在原地跺跺脚，而周边的人都当没有看见。

黎冬枝和贺朗的位置是挨着的，当工作人员把设备扣在她身上的时候，她才终于有了点忐忑。

"怕了？刚刚不是还一脸天不怕地不怕的样子吗？"贺朗问。

黎冬枝故作镇定："谁怕了？"

手却突然被抓住。

他的手掌很大也很干燥,她微微汗湿的手被他抓在掌心的时候,她突然有了一瞬间的镇定。

她说:"我今天可能没办法帮你摆脱罗晓然了。"

"你还有心情关心这个?"贺朗这话刚一说完,机器就开始启动了。

没错,她哪还有心情关心这个啊。

她以前不是没有来过游乐场的,但确实是第一次玩这个。她体能不行,今天非得作死。

当她被甩在半空中来回翻转的时候,她内心唯一的感觉就是她今天要是能活着走出去,打死也不要玩这玩意儿了。

失重、恶心、头晕目眩,除了手掌传来的力度她已经感觉不到自己的存在。

除了尖叫,什么也做不了。

黎冬枝都不知道自己是怎么从上面下来的。

站起来的时候差点跪在地上,好在贺朗眼疾手快,一下子把她给提起来了。

她半死不活地把头磕在他的胸前。

有一双手不断轻轻顺着她的后背,她听见贺朗好像说了一句:

"让你逞能。"似乎还带着笑意。

黎冬枝迷迷糊糊地抬起头,看着贺朗的下巴,脱口而出:"贺朗,我一开始是喜欢你这张脸来着,可我怎么觉得我最近开始喜欢你这个人了呢?"

贺朗放在她后背的手顿了一下。

结果黎冬枝猛地推了一下他,跑到旁边的垃圾桶开始呕吐。

过了一会儿拿着矿泉水瓶回来的贺朗走到了她的后面,把水递上,拍了拍她后背,问:"好点儿没?"

黎冬枝接过水,做了一个推开他的姿势:"你离我远点,呕……"其实内心已经差不多崩溃到想要找个地缝钻进去了。

真是,丢脸死了。

大约五分钟过去,黎冬枝终于缓过来一些,直起身,转身就发现贺朗一直站在她背后。

他递过来一张纸:"擦擦嘴。"

"你怎么一点事也没有啊?"黎冬枝试图让自己忘掉刚刚丢脸丢到家的画面。

贺朗的手从她的头顶划过,比了比她只到他胸口的身高,笑道:"估计……是因为你矮吧。"

黎冬枝:"……"

Chapter4
/ 以后多多关照了黎冬枝 /

1

那天回家的时候,意外下起了雨。

雨落下的时候大家都已经分道扬镳,豆大的雨点来得又急又猛。黎冬枝躲进路边一家小便利商店的屋檐下,拍了拍身上的水珠。

就这几分钟的时间,她的外套已经被水浸湿。

她拿出手机开始翻通讯录,突然间看到了贺朗的名字。

分开的时候兵分几路,偏偏罗晓然和贺朗走的是同一个方向。

黎冬枝咬了咬牙拨通了那个号码。

那边刚一接通还没有说话，黎冬枝就说："唐豆豆，我要被淋死啦！雨下得好大，我回不去，身上也没有钱，你快点来接我！"

那边半天都没有动静，隔了一会儿才响起贺朗的声音。

他说："你在哪儿？"

黎冬枝像是才反应过来说："呀，打错了。"

大约等了十分钟，他就出现了。

他打着一把黑色的雨伞，在傍晚已经开始起雾的街道逐渐走近。路边积起一小摊一小摊的水洼，他脚步不疾不徐，但眨眼就到了跟前。

贺朗把伞伸到她的头顶。

女生抬起来的眼睛很亮，弯着嘴角说："这么快？"

他"嗯"了一声。

"走吧，送你回去。"他说。

黎冬枝抓着包的手指微微收紧，说："我……没带钥匙。"

"真的？"贺朗低声问。

"真的。"

两人站在便利店炽白灯光下的那方寸之地，谁也没有动，黎冬枝心虚得眼神闪躲。她总感觉贺朗是知情的，无论是刚刚打错电话还是忘带钥匙。

大约过了半分钟的时间,贺朗突然把她拉到伞下。

黎冬枝惊疑不定地抬起头,对上贺朗的眼睛,他问:"那你敢跟我走吗?"

"有什么不敢的。"

贺朗敲了一下她的脑袋说:"那走吧,把你卖了记得替我数钱。"

贺朗一路提溜着黎冬枝的衣领。

她紧紧贴在他的身边,不记得转过了几条街,等到停下来的时候已经站在了一间名叫"蓝蜘蛛"的网吧门口。

"黑网吧?"黎冬枝仰头问。

贺朗根本就没打算回答她,收了伞走在前面。

黎冬枝立马跟上。

进去才发现这家网吧挺正规的,共上下两层。七点左右的时候里面人很多,男生打着游戏各种摔键盘和骂娘。

贺朗带着她上了二楼。

"不是说今天不来吗?"迎上来的人居然是酒鬼,他的身边还有一对成年男女,二十多岁的样子。

"遇到点意外。"贺朗随口说。

"这就是你说的意外？"酒鬼发现了从贺朗背后探出脑袋的黎冬枝，笑着揶揄。

黎冬枝伸出手打招呼："Hi！"

经介绍，黎冬枝才知道旁边这个成年男性是这间网吧的老板，叫祝安。旁边的是祝安的女朋友，叫可可。

祝安笑着说："不用这么拘谨，贺朗也算这间网吧的小半个老板。"

黎冬枝便去看贺朗，原来一直传言他在外边与人合伙开网吧并不是空穴来风。

贺朗自然也发现了黎冬枝的视线，可丝毫没有打算多说什么的样子，捉着她的胳膊把她带到身边，对着老板的女朋友说："可可，她衣服湿了，给她找件外套。"

可可是很小家碧玉的那种姑娘，有点温柔和可爱。她笑着说："知道了，冬枝是吧，你跟我来。"

黎冬枝便跟着去了。

可可在前面带路，问了黎冬枝一些很平常的问题。

两人之间差了七八岁的样子，聊得还挺投机。

最后，可可找了件薄毛衣外套给她换上之后才笑着说："贺朗会带人来我还挺惊讶的。"

"啊？为什么？"

可可说："你不知道，他那个人，别看年纪不大，其实很有想法。我们认识得早，他还没有转学的时候，老有小女生借着各种借口跑到这里来看他，他嫌烦得很，总是爱答不理的。"

黎冬枝好奇地问："你们是怎么认识的？"

可可说："以前这片区很乱，贺朗有些名气，一些混混流氓都怕他。那个时候刚好网吧遇到了不少麻烦，都是他帮忙解决网吧才得以继续维持。祝安拿他当自己弟弟，说给他钱他没收，就直接投到网吧里算是入股。"

原来如此，黎冬枝点点头。

可可淡笑着看着她，隔了一会儿，突然说："你一个女孩子大晚上跟着他跑也不害怕？"

黎冬枝蒙了一下，事实上一开始是有些突发奇想，没怎么考虑过后果。但要说害怕，其实还真没有。

她想了一下说："呃……他应该算个好人我觉得。"

可可笑了："现在我不奇怪他为什么会把你带来了。"

黎冬枝默默说了一句：估计是因为我脸皮够厚吧。

网吧的内部设计很巧妙，过一条走廊是可可他们自己住的地方，有小型的会客厅和卧室。

她们出去的时候发现祝安已经叫了外卖。

几个人围坐在一起。

祝安招呼黎冬枝:"过来吃点东西吧,我听贺朗说了,今天晚上你和可可一起住,这边的住处都有些简陋,将就一下。"

黎冬枝有些麻烦到别人的局促:"那你们怎么办?我还是等会儿去找同学吧。"

"没事。"这话是贺朗说的。

他坐在沙发上,外套已经脱了,看着黎冬枝的眼睛里好像是有安抚。

"就是!没关系!"可可拉着她,指了指旁边那个不起眼的小房间,"那里面是他们经常活动的地方,设备齐全,他们经常泡在里面通宵打游戏,不用管他们!"

黎冬枝这才在沙发的一边坐下。

饭吃到一半,外面有人说电脑出了问题,祝安就出去解决了。

"你会打游戏吗?"聊着天的时候酒鬼随便问了黎冬枝一句。

黎冬枝摇头,然后又兴致勃勃地说:"不会我可以学啊。"

旁边一直很少说话的贺朗看了她两眼。

酒鬼笑,指了指贺朗的位置说:"想学你可以找贺朗教你,他的技术是我们几个里面最好的。"

黎冬枝转头去看贺朗。

结果对方见她还真的一脸求学的好奇心，淡淡地说："你不适合玩游戏。"

"为什么？"

"你又想让老吴骂你好的不学净学坏的？好好读你的书，不许玩。"

旁边的可可捂着嘴笑起来，酒鬼则往沙发的位置挪了挪，开始有点后悔自己为什么要挑起这个话题。

黎冬枝则因为他不容置疑的语气愣住了，隔了半天，有点结巴地指着贺朗说："你这是侮辱我的智商，打两把游戏怎么了？谁说我不能学习与游戏一同兼顾的。"

"说了不行就不行。"贺朗一句话就堵死了退路。

2

没多大会儿他说要出去看看，就走了。

酒鬼笑着安慰坐在沙发上的黎冬枝说："他不让你玩就算了，耽误学习不说，容易上瘾。"

黎冬枝很泄气，妥协道："好吧，那我上会儿网。"

小房间一共放了四台机子,都是很新的设备。酒鬼说这里面的几台电脑全是贺朗和祝安自己组装的,功能强大。

他打开了最左边的一台电脑说:"这是贺朗常用的一台,你自己逛着玩玩吧。"

黎冬枝应了。

沙发是那种很宽,可以半躺的,坐上去很舒服。

贺朗的电脑桌面整洁,黎冬枝一眼就看到了上面一款叫《魔兽世界》的游戏。

她问酒鬼:"这就是你们常玩的那款游戏?"

酒鬼转过来看了一眼说:"差不多,贺朗玩得比较多,尤其是前两年,不过他玩游戏主要是为了赚钱,所以他的手速很惊人。"

"赚钱?"黎冬枝很惊讶。班上不是没有为了打游戏翻墙出去的学生,可一般就是不想学习为了打发时间而已。

"以前贺朗和爷爷奶奶住,他们身体都不好,贺朗很早之前就通过各种途径开始赚钱了,游戏只是其中一项而已。"

黎冬枝抿了抿嘴唇,她像是有很多问题想问,但又觉得这样探听人家隐私不好。结果隔了很久,她才干涩地接了一句:"难怪他成绩那么烂。"

酒鬼笑了一下,笑得黎冬枝有些莫名其妙。

他突然说:"我要是说他初中的时候是个天才,你信吗?"

"天才？什么样的天才？"黎冬枝移动了一下，把身体转向酒鬼，一副很想让他讲清楚的架势。

"就是数学、物理回回考满分的那种怪咖。"

黎冬枝一脸你确定不是在开玩笑的样子。

酒鬼接着说："现在他只是不想学而已，而且心思没在这上面，荒废得太久。"

"那……"黎冬枝还想问什么，酒鬼打断她说："我就说这么多，你要有兴趣自己去问他，只不过提醒你一句啊，他讨厌八卦的人。"

黎冬枝白他一眼，端坐回座位上。

黎冬枝无聊地打开网页闲逛，结果逛来逛去很无聊，加上酒鬼在旁边打游戏的声音很大，她还是好奇地点开了游戏的界面。

结果刚一打开，她就感觉到身后的沙发上有人。回头一看是贺朗，条件反射地就慌忙要点退出。

她尴尬地呵呵两声："我就是好奇。"

贺朗敲了一下她的头，胳膊从她的脸颊边伸过来，替她点了一下右上角顶上的小叉。

他说："去睡觉。"

"现在还早啊。"黎冬枝反驳。

结果，贺朗就那样看着她也不说话。

黎冬枝撇了撇嘴，站起来说："去就去嘛。"

贺朗跟在她身后出了小房间。

网吧里面依然很吵，现在这个时间正是那些决定来上通宵的人正兴奋的点，所有的吵嚷和怒骂融进黑夜。

空气有些闷，黎冬枝决定去门外透透气。

她笑着问身后的贺朗说："你打游戏也是这副样子？"

她所指的方向正是一楼最角落里那几个一起来的男生，她出来一分钟的时间都没有，听见的脏话已经不下十句。

"不会。"贺朗说。

隔了两秒，他又说："偶尔会。"

黎冬枝哈哈笑了两声，一脸我就知道的表情看着贺朗。

夜色下的女孩子有着莹白的肌肤，笑起来时眼睛微微眯着，没心没肺的样子。

贺朗看着她愣了几秒，缓缓转头移开视线。

他转开话题，看着不远处的小吃摊，问："要不要吃东西？"

网吧外面的那条街很热闹，不远处还有一家KTV亮着炫彩的灯光，小吃摊上的味道隔了很远飘过来，惹人垂涎。

黎冬枝想他们不是才吃了没多大会儿吗？但对上贺朗的眼神之后，她又把这话给咽了回去。

她点点头说:"要。"

"两位同学,要吃什么?"小吃摊老板是位四十多岁的阿姨,热情地问两人。

黎冬枝在摊上看了半天:"给我五串羊肉串、一个鸡腿和两个翅膀。"点完还转身问后面的贺朗,"你吃什么?"

贺朗没有要来吃东西的意思,面无表情地抱着手站在后面。

直到黎冬枝转头问出这句话,他才问了一句:"黎冬枝,你真的是个女生?"

这分明就是嘲笑她吃得多。

黎冬枝气得不行,瞪着眼没好气地说:"你管我!"

"你才吃过饭,确定能吃下这么多?所有东西减半。"

"我偏不。"

"老板,照我说的拿。"

黎冬枝觉得他简直是蛮横无理,心想又不是花他的钱,气鼓鼓地说:"走吧,不吃了,气都被你气饱了。"说完也不管贺朗,扭头就走。

身后的贺朗看着她的背影摇摇头,转身掏了钱,对老板说:"就她刚刚说的那些,全部来一份吧。"

老板看着两人一直笑,把打包好的东西交给他才说:"小伙子你这嘴上功夫还得多练练，小女生很好哄的，你快去吧。"

贺朗笑笑没说话。

黎冬枝走得很慢，是因为她明显感觉到贺朗没有跟上来。心想这大爷不会这么小气吧，她都还没有大发脾气呢。结果走了半天，内心天人交战，最后还是拉下面子回了头。

这才发现贺朗一直跟在后面十步远的地方。

黎冬枝愣了半晌，嘟囔着："你怎么跟在后面半天也不出声啊？"

"你不是在生气吗？"贺朗语气里有丝无奈，他晃了晃手上的袋子，"行了，你要的吃的。"

"我才不要！你心里一定在吐槽我吃得多。"

"没有。"贺朗走上前来，把袋子递给她，"现在已经不早了，吃了宵夜就回去睡觉容易胃不舒服。"

"真的？那你说我胖吗？"黎冬枝仰着头问他。说完这句话，她还故意退了两步，看着贺朗的表情分明是威胁他要是说胖，她可能真的会冲上来踢他两脚也说不定。

那威胁的小眼神有些勾人，贺朗移开了视线。

他走了两步，一巴掌拍在黎冬枝的后脑勺上。

"行了，走吧。"他说。

"哎……你还没有回答我啊。"

初秋的夜有些许的微凉,空旷的街道上有一前一后两道身影。

女生低着头,无聊地踢着脚下的石子。

"贺朗,听说你以前和爷爷奶奶住啊?"黎冬枝问这句话的时候没有看贺朗,专注着脚上的小动作。

"嗯。"

"现在也是吗?和他们住?"

"没有,他们都过世了。"

小指甲盖大小的石子骨碌碌滚出好远,黎冬枝抬起的脚尖僵在半空中,很久才缓缓收回来。耳边微风沙沙的声音清晰明了,贺朗脚步未停,神色在夜色中晦暗不明。

黎冬枝连忙跟上去。

她伸手拽了拽贺朗的衣角。

他停下来看她。

黎冬枝说:"贺朗,你有想过考个大学吗?"

他说没有。

"那现在开始想好不好?我可以帮你啊,这两年重来一次总要有些意义,不是吗?"

黎冬枝期待地看着他。

贺朗一直沉默，黎冬枝摸不清他在想什么有些着急，便开始蛊惑道："你别觉得上不上大学无所谓，就算是个专科也是好的呀，都说多读几年书……"

贺朗看着她一直不停地说。

他说没有的意思，是因为他就算考不上，他爸也绝对会想办法找个学校把他给塞进去。

直到面前的人再也找不到话来说的时候，贺朗突然笑了一下。他说："好啊，以后多多关照了，黎冬枝。"

女孩眼睛一亮。

贺朗有一瞬间的失神，他想，所谓重来一次的意义。

或许，可以重新定义。

3

千篇一律的生活总是枯燥无味的，秋天悄然逝去，路边的枝丫开始变得光秃秃的。同学开始穿起了棉袄，瞒着老师在教室里用插座充起了热水袋。

临近期末的那几天，黎冬枝如临大敌。

倒不是她自己紧张，主要是为了贺朗。自从那次莫名的约定之后，黎冬枝下定决心要把一个失足青年拉回正轨。

唐豆豆不止一次鄙视她说："究竟是谁给你的勇气啊？贺朗那种敢在考试时全部交白卷的人分明就是无药可救。"

所以考试前一周，黎冬枝就天天在贺朗面前念叨。

"这可不只是老吴说要提高一百名的事情，这关乎着我黎冬枝的尊严知道吗？一定不能缺考知道吗？不能交白卷，考试的时候不准睡觉。时间太短，我给你恶补的都是一些最基本的东西，照着简单的做，做不来就先跳过……"

贺朗一开始还会冷漠地"嗯"两声，后来只要黎冬枝一开口，他就会直接拎起一本书盖在她脸上，或者是拿衣服罩住她的脑袋。

黎冬枝除了瞪两眼，别无他法。

黎冬枝一点把握都没有，因为贺朗除了听她讲了一些东西，上课态度也没见改变多少。

考试的前一天，许伟华那个早就破罐子破摔的人突然塞给黎冬枝一包零食，神秘兮兮地说："你懂的，我要求不高，只要选择题的答案。"

黎冬枝笑得不厚道，大义凛然地说："华子，我非常鄙视你这样的行为，而且我真的无能为力，其一，我们根本就不在一个考场；其二，我考试的时候不带手机。所以，你死了这条心吧。"

许伟华突然扑在贺朗的桌子上哀号："兄弟，我这一生注定只能陪你走到这里了。"

贺朗笑骂了声滚。

那包零食到头来还是被黎冬枝搜刮了,品种还挺多,干脆面、奥利奥、八宝粥应有尽有,黎冬枝甚至怀疑他为了作弊下了血本。

当天晚上,老吴在晚自习时交代注意事项。

"收起你们那些小动作和自作聪明,等你们毕业的时候上了考场,看你们拿什么抄……"

万年不变的说辞听得人昏昏欲睡,黎冬枝在座位上恍神,侧头就发现趴在座位上的贺朗。

他脸朝着窗外,几个月前那个留着嚣张的字母发型已经悄然消失,头发比以前的那个寸头稍微长了一点点。从黎冬枝的方向,能看见他因为睡觉,露在外面的左耳尖有一点点的红。

黎冬枝突然坏笑了一声,用自己冰凉的手指,贴在了他耳尖的位置。

原本以为会被冻得直接坐起来的人,等了半天,一点反应也没有。

"不是吧?睡得这么死?"黎冬枝嘟囔。

又使坏似的捏了两下,还是没有动静。直到指尖温热的触感清晰传来的时候,黎冬枝才后知后觉地发现那只耳朵似乎比刚才更红了一点。

暗骂自己跟个神经病似的她,像被烫到一样猛地收回手。

贺朗缓缓坐起来,看了黎冬枝一眼。

"你刚刚在干什么?"他问。

黎冬枝听到打铃的声音,结巴道:"那个……那个下课了。"

"我知道。"贺朗淡淡地说。

黎冬枝的脸色一点点开始变得殷红,她总不能说自己鬼迷心窍吧。就在她想打哈哈混过去的时候,贺朗突然起身出去了。

等到他回来的时候,他把一个东西扔到了黎冬枝的怀里。

她低头一看,是个热水袋。

里面已经灌满了热水,黎冬枝拿在手上翻转两圈,嘴角翘起。

她挑着眉看贺朗,靠近他,压低声音说:"贺朗,你老实承认,你是不是也有一点喜欢我?"

贺朗看她的眼神分明是在说,你是不是脑子有病?

黎冬枝也觉得自己可能病得不轻,当初她和唐豆豆说自己可能喜欢上贺朗的时候,唐豆豆还说:"我知道啊,开学你不就说你看上了他那张脸吗?"

她竟然无言以对。

可她知道不是。

一开始的那点好奇，像是随着缓慢到来的这个冬季的雪球一样越滚越大，直到现在，连她自己都不清楚，开始习惯在人群中一眼认出一个人，不自觉靠近和暗自欣喜的那种心情，用喜欢来形容够不够恰当。

唐豆豆说她无可救药。

无药可救的黎冬枝，想到上次在游乐场似乎稀里糊涂地和贺朗表过白，之后就致力于让贺朗说出我也喜欢你这几个字，并乐此不疲，而往往她所得到的，基本都是贺朗那副"你今天是不是忘记吃药"的表情。

他估计是忘了，她才是他学习生涯唯一的指明灯。

"贺朗，你在哪个考场啊？"罗晓然转头问这话的时候，黎冬枝悄然竖起耳朵。

贺朗看黎冬枝装模作样的样子没说什么，回答："十一班。"

黎冬枝心想，罗晓然问这个问题不就是没话找话吗？就他老是交白卷的习惯，不在最后一个班才叫奇怪吧。

罗晓然像是早就准备好的一样，从课桌里拿出一本小清新的笔记本说："这是我做的重点笔记，很详细，你拿去看看吧，或许对你有用。"

罗晓然这段时间像是专门和黎冬枝作对一样，不说抢着答题和争表现这种小事情,就连考试都被分在了一个考场。

黎冬枝直起身,拿过罗晓然的笔记翻了一下说:"哎呀,这道题我解了很久都没有答案,晓然,你不介意借我看看吧。"

罗晓然成绩不差,每次考试完了就附和同学说"我这次考得好差,各种做不来",结果成绩一出,却是翘楚。

这种无形的压力和竞争下,罗晓然自然不可能想把笔记借给黎冬枝。

看了看贺朗,她咬咬嘴唇说:"不介意,你随便看吧。"

黎冬枝觉得没劲,等到罗晓然转身之后就把笔记本扔到了贺朗的桌上:"这可是人家专门给你的,记得一定要好好拜读。"

孩子气的行为也没有惹到贺朗。

看了黎冬枝一眼,他又把笔记还给了罗晓然。

4

三天的考试时间,一晃而过。

考试结束的那天,教室已经被搬得空荡荡的了,老吴组织全班一起大扫除。

冬日的阳光带着舒适的温度透进来,在热闹的教室洒下一地斑驳光影。许伟华拿着扫帚非得指使黎冬枝帮他把地扫了。

黎冬枝说:"难怪新来的高一学妹不理你,你的活儿凭什么交给我呀?"

许伟华反唇相讥:"是谁拿了我零食还不肯给我考试答案,害得我作弊被抓还被全校通报批评的?这是你该给我的补偿。"

原本只是好玩,开着玩笑。

黎冬枝眼睛一转,指着教室后面的贺朗说:"找他,零食都被他吃了。"

此时,贺朗正被罗晓然和另外一个女生缠着要求帮忙擦黑板。

他很高,不用踮脚也能擦到最上面的位置。

听到黎冬枝的话,他停下动作。

贺朗转过头看着黎冬枝,似笑非笑。

黎冬枝瞬间就心虚了。那袋零食早就被分食了,贺朗只吃了一小块巧克力,还是她趁着他不注意塞到他嘴里的。

许伟华看都没看贺朗:"少污蔑我哥,他不吃甜的。"

黎冬枝瞬间想到了贺朗当时吃巧克力时那紧皱的眉,笑得别提多得意。她摇晃着手中的手机说:"谁说的,我有照片为证。"

手上的手机就在这个时候被抢走。

许伟华拿着手机就往外面跑。

黎冬枝的心脏病都快要给吓出来了,她第一时间想到的,是她手机里那些瞪眼吐舌,穿着小草莓睡衣撩头发的中二照片。

要疯了,她的形象啊!

结果许伟华还没跑出去,就在教室后面被贺朗拎住了后衣领。他连忙举起手,脸色涨红:"哥,轻点,轻点,脖子要断了。"

贺朗随手就把他手上的手机拿了过去。

跟着跑过去的黎冬枝顿时松了口气。

她说:"给我吧,谢谢。"

贺朗却没打算给她,挑着眉说:"全是我吃的?你还偷拍了我的照片?"

"没有没有,骗他的。"黎冬枝连忙认输,抓着贺朗的袖子要去拿。

结果贺朗却一下子换了一只手拿手机,然后举高,那是黎冬枝跳起来都够不到的距离。

贺朗也没有真的打算翻手机,就那样举着。

看着女孩子在面前跳了半天也只是扯着他的袖子干着急。

他说:"还乱说话吗?"

"不了。"

"还要不要认真打扫卫生?"

"要。"

贺朗说什么黎冬枝都乖乖应了,最后贺朗停顿了几秒,拿手机轻轻磕了一下她的脑袋才还给了她,转头就对着许伟华说:"学校没给你记过,觉得罚轻了?"

许伟华崩溃:"我错了,行不行?"

从考试完到放假回家已经是一月中旬,青市已经是深冬时节,黎冬枝因为怕冷窝在家好几天没有出门,被她妈好一通念叨。

她打电话给老吴查成绩。

他心情应该还不错,黎冬枝嘴贫说:"老吴你这是回老家相亲了?这么开心?"

老吴骂她没大没小。

黎冬枝这次考得不错,年级第一。

老吴说:"保持住,你这成绩晃动幅度不大,理科能一直保持在年级前三的女生可就你这一棵独苗,千万不能给我丢脸知道吗?"

黎冬枝知道,老吴一直说希望他们这一届高考的时候,省内能出现个女的理科状元。

黎冬枝深感压力,打着哈哈。

后来,黎冬枝旁敲侧击地问:"贺朗呢?他考得怎么样?"

很意外的是,提起他老吴竟然还心情不错的样子。

年级七百多个人他排名第423,班上50个人,排名第39。这成绩不说有多显眼,但是对于贺朗这样一个出了名难管教的学生,在他手底下一学期前进两百多名,难怪他心情那么好。

老吴说:"我没有联系到他,你们要是有联系记得把成绩告诉他。"

黎冬枝也知道贺朗估计对成绩这种事情不怎么关心,便随口答应了。

她转头就给贺朗发消息说了成绩的事,结果两天过去一点回音都没有。

此时,贺朗其实正在家。

这个家不是以前住的筒子楼,不过即使是自小长在那样环境里的贺朗,身处在还算奢华的环境中,也丝毫没有格格不入的感觉。

相比这里的主人,他似乎显得更加心安理得。

客厅的宽大沙发上,中年男子有些不自在地坐着,交握着手说:"贺朗啊,我们爷俩好多年没在一起过年了,以后就搬来和爸爸一起住吧。你爷爷奶奶的房子很旧了,你一个人在外面租房我也不放心。"

"没事,我都习惯了。"贺朗这话说得很平静。

对面的贺廖升顿时不知道该说什么，对这个儿子，贺廖升早就已经看不透他到底在想什么了。

当年他和妻子离婚，事业受阻，将孩子丢给父母一走就是十几年。

他回来后，除了金钱似乎什么也给不了儿子。

而贺朗既没有埋怨，也没有与他发生冲突，平静地接受了他所有的给予和安排。

贺朗说："爷爷奶奶相继过世的时候和我说过，你挺不容易的。老人家的期望，我不想让他们落空。"

所以平静地接受了一切。

只是……

"哥哥。"突然一个小男孩扑进贺朗的怀里。

小男孩身后还跟着走来一个四十岁左右的女人，冲着他笑得很不好意思，指责小男孩说："贺杰，快起来，像什么样子！"

贺杰才五岁，但是相对早熟。虽然他知道这个家庭看起来和其他家庭不太一样，但对突然多出个哥哥这件事情还是觉得很开心。

贺朗也没有推开贺杰，反而伸出手虚虚地扶了一把。

女人说："贺朗，你就听你爸爸的，以后搬来这里住。"

贺朗看着他们一个两个全都一副小心翼翼的样子反而笑了，说："不用，过完年我就回去了，反正这里离学校很远，也不方便。"

一个已经全新的家庭,他没有必要横插一脚。

不是没有过不理解、怨恨、痛苦,只是那些已经过去了。成长的经历教会他更早学会这个世界的规则,而现在的他,只是已经习惯了一个人的生活而已。

口袋里不时传来嗡嗡的振动声音。

贺杰把手伸进去摸出了还亮着屏幕的手机,递给贺朗:"哥哥。"

贺朗拿起来看了两眼,最先跳出的就是黎冬枝的名字。

上面的短信没办法一次性读取完,只看到最新一条信息他名字后面的一连串感叹号,都能想到她一副生气之后又不断给自己找借口的样子。

贺朗弯了弯嘴角。

对面的贺廖升不知道自己这个大儿子为什么突然对着手机一副心情很好的样子,也不再强迫是要住在一起这个话题,只是说:"你年节既然没事,就多和我一起出去走动走动吧。"

贺朗随口"嗯"了一声。

5

黎冬枝却明显心情欠佳,她给贺朗发了起码不下十条短信,各种愤怒的、搞怪的、威胁的,直到过年的时候都没有得到一条回复。

唐豆豆来她家和她一起睡。

窝在被窝里谈到这个话题,唐豆豆说:"很明显你已经没有利用价值了嘛,他考试前进了两百多名,过了老吴那一关你就没什么用了,他肯定懒得搭理你。"

气得黎冬枝当天晚上多吃了一碗白米饭。

直到大年三十的那天晚上,午夜十二点。

黎冬枝突然收到一条短信,简简单单的四个字:新年快乐。

黎冬枝捧着手机傻兮兮笑了半个多小时。

第二天纪东林他爸妈带着他到黎冬枝家里拜年,这是多年来都不变的习惯,每一次两人在这天看到对方的第一个反应就是,背着大人互相翻白眼。

不过这一次纪东林却奇怪地进门就给了她一个拥抱,说:"冬枝,新年快乐。"

大人都笑着说,这俩人终于懂事了。

黎冬枝闹了个大红脸,推开他时小声警告:"纪东林,少趁机占我便宜啊。"

大人随便扯着一些话题,黎冬枝和纪东林躺在沙发上各玩各的手机。

纪东林的妈妈看着黎冬枝突然说:"一眨眼冬枝都是大姑娘了,我还记得小时候她最爱哭鼻子了,每回哭了我家东林就笑话她,然后两人就扭作一团。"

往事不堪回首。

黎冬枝吓得直接把手里的手机砸在了自己的脸上。纪东林的脸上也有明显的尴尬,说:"妈,你提这种事情干什么?"

纪东林的妈妈说:"这不是马上就要送你出国了吗?还不准我回忆回忆往事啊?"

黎冬枝捡手机的动作霎时一僵。

她睁大眼睛去看纪东林,纪东林也看着她,然后指指他妈,摊了摊手。

下着雪的那个大年初一的下午,黎冬枝和纪东林冒着雪在外面压马路。

"你要出国怎么也不提前说一声啊?"黎冬枝低着头,语气里有点小抱怨。

纪东林笑:"这不是正在和你说吗?"

"为什么非得出国啊?或者说高中毕业之后再去不也是一样的吗?"黎冬枝的心情有点失落,对她来说,就是从小一起长大的朋友突然离开她的身边。哪怕她平时总是抱怨说纪东林这也不好那也不好,其实她知道,纪东林对她最好。

纪东林说:"我爸妈决定的,而且那边的亲戚都已经安排好了。"

黎冬枝不再接话,两人沉默着走了很远。

年节期间,街道两旁的商店都关了门,显得有些冷清。马路上垫起薄薄的一层雪,踩在上面留下一串串脚印。

黎冬枝扯了扯自己的围巾,突然听到纪东林叫她。

"怎么了?"她回头问。

这才发现纪东林落下了好几步远,他看着她突然说:"冬枝,你希望我留下吗?"

黎冬枝点头。

纪东林又问:"那我要是出国了,你会愿意等我吗?"

黎冬枝半天没有说话,眼睛有些干涩,她吸了吸鼻子说:"纪东林,你永远都是我最好的朋友,对不起。"

纪东林一早就猜到了这个答案,他上前拍了拍黎冬枝脑袋上星星点点的雪花,笑着说:"黎冬枝,你哭起来真的丑死了。"

黎冬枝心中那点离别愁绪,一下子消失殆尽。

纪东林果然还是一样的欠揍。

两人沿着街道不知道走了多久，他们说了很多又似乎什么也没说，大多时候都在吐槽。

黎冬枝说："你以后可千万不要带个金发碧眼的姑娘回来吓你妈……"

说到这里的时候戛然而止。

纪东林顺着黎冬枝的视线看过去。

从五十米转角处缓缓走来的人，正是贺朗，而他身边的姑娘黎冬枝也认识，何霜。

纪东林突然攥住了黎冬枝的手，说："愣着干什么？我们过去。"

黎冬枝却像是被定在了原地一样，一动不动。

面前的两个人同样也没有动作。

何霜有轻微的近视，感觉到身边的人突然停住了脚步，她问："怎么不走了？你认识啊？"

"嗯，认识。"贺朗说。

何霜明显感觉到贺朗的情绪发生了变化，明明他什么都没有表露出来，可她就是感觉到了。

她看了看对面的人，隐约觉得女生面熟。

她勉强笑了笑说："既然认识要不要去打个招呼？反正也不着急。"

"不用了。"贺朗说。

他的眼睛还看着不远处的两个人，在两人握着的手上扫视了一圈之后，不动声色地收回目光，淡淡地说："走吧。"

随后便一同拐进了旁边一条马路，消失不见。

眼睁睁看着这一幕发生的黎冬枝简直不敢置信，她指着两人离去的方向不确定地问身边的纪东林："刚刚那个家伙分明认出我了，是吧？他居然就这样走掉了？"

纪东林不经意间松开了黎冬枝的手。

他笑着说："嗯，他故意的。"

黎冬枝的脸一下子拉得老长，她想还真被唐豆豆给说中了，那家伙把她利用完就抛弃到一边了。

她给他发那么多信息不回，一句"新年快乐"还有可能是群发的，现在他还陪着绯闻女友雪中漫步。

黎冬枝越想越觉得不可理喻。

她嘀咕："几个意思嘛，有异性没人性……"

纪东林跟在她身后看着走路跟发泄似的黎冬枝，神色不明。

黎冬枝不清楚，但他清楚，刚刚他们对视的那一眼，他分明在对方的眼中感受到了强烈的压迫，贺朗的内心绝对不可能像表现出来的那样云淡风轻。

其实这个留学的决定早在一年多以前就定下了，不过他因为当初中考成绩出来之后，黎冬枝扒拉着他的肩膀说："哎呀，纪东林，我们居然还在一个学校，看来注定我是甩不掉你了。"

看着她的笑，让他决定和家人抗争一次。

直到这最后的期限终究到来。

即使知道这样的爱慕永远没有办法得到回应，他也不会因为当初的决定感到后悔。

只是……

为什么偏偏是贺朗？

纪东林走到黎冬枝的前面，让她抬起头看着自己："冬枝……"为什么要偏偏喜欢那样一个人？

这句话到了嘴边却没有说出口，他伸手和黎冬枝拥抱了一下，转开话题说："虽然离得远了，但你有什么事情还是要给我发消息知道吗？"

因为他的话，黎冬枝又差点哭了。

Chapter5
/ 她不是我女朋友 /

1

黎冬枝这个年过得简直糟心。

一来是因为纪东林过完年就要走的消息,二来就是她脑海中总是想到那天在街上撞见贺朗和何霜的画面。

黎建刚同志观察了她许久,敲了敲桌面说:"你这两天怎么魂不守舍的,家里来了客人也不知道招呼,一部手机一会儿拿起一会儿放下的干吗呢?"

黎冬枝有气无力地说："没什么，我思考人生。"

她爸看了她两眼，说："你这么无聊就和我一起出去吃饭。"

"你们单位吃饭我去干什么？不去。"

她爸他们单位每年都会聚这么一回，全是些和他年纪相当的人，饭桌上聊着时政，感慨国家发展，无聊透了。

她爸说："你就当出去见识见识，省得一天到晚在家不知想些什么。"

无论黎冬枝如何拒绝，最终还是拗不过她爸，跟着去了。

不同于往年的寡淡，今年订了个饭店的大包厢，来的人男女都有，都是些上了年纪的，有些还带着小孩子，反而像是大型的家庭聚会。

黎冬枝稀里糊涂地跟着打了一圈招呼。

人人都夸："老黎你这个闺女听说可不得啊，淮岭的尖子生，真是福气。"

"哪里哪里。"

黎冬枝看着她爸一脸谦虚，却笑得很开心。

黎冬枝扯了扯她爸的衣服说："黎建刚同志，你们单位今年是发财了？"万年没有油水的地方，怎么今年这么大张旗鼓？

等到招呼打得差不多了，她爸才说："今年人事政策变动，你一个小孩子也不懂,别瞎给我捣乱就行。"

黎冬枝嘀咕:"又不是我想来的。"

"哎,老黎。"

又有人过来了。

黎冬枝人都没看就先埋着头深深鞠了个躬说:"叔叔好。"

一个中年男人笑着道:"你女儿啊,真是个实在孩子。不像我这个儿子,反正我是管不了他了,一天到晚也不知道忙什么。"

"孩子嘛,都还小。"她爸附和。

黎冬枝这才缓缓直起腰,抬起头最先看到的不是和她爸说着话的人,而是站着的那个人的儿子。

"你怎么在这儿?"黎冬枝的眼睛都瞪圆了,怀疑是不是自己想太多所以出现了幻觉。

贺朗今天穿着一件深黑色的棉服,板型挺好的,衬得他很瘦高,看着比穿着校服的时候成熟了不少。

他看着黎冬枝,眼睛里带着笑意:"你行这么大个礼我可受不起。"

黎冬枝立马往旁边退了一步。

"怎么,你们认识?"贺廖升问贺朗。

贺朗点点头说:"同桌。"

贺廖升眼中的笑意渐深,对着黎冬枝她爸说:"看来真是有缘了,这小子的班主任前几天给我打电话,说他这学期的成绩提高了不少。这还多亏了他同桌给他补习,没想到竟然是你女儿啊。"

黎冬枝她爸说:"她自己也是个不听话的,好在学习上没让我们做父母的操过什么心。"

贺廖升看着黎冬枝点点头。

黎冬枝原本就有些惴惴的,心想这就是传闻中贺朗那个半路回来、一朝成了机关单位重要领导的爸爸?

贺廖升说:"一看就是个好孩子。既然都认识,那以后你在学习上一定要多帮帮这个小子。要是他惹祸,也可以打电话告诉我。"

在长辈面前,黎冬枝认真地点点头。

两个长辈相邀着一起喝两杯,留下贺朗和黎冬枝相对无言。

"我去上个厕所。"黎冬枝憋了半天憋出这么一句,也不看贺朗,自顾自地从旁边的侧门绕出去了。心里又暗骂自己没有出息,不知道在躲个什么劲。

等到她从卫生间洗了把冷水脸出来的时候,突然在走廊上站住了脚。五米开外的人靠在墙上,低着头,不知在想什么。

"喂!"黎冬枝站在他面前叫了一声。

贺朗便抬起了头。

他的眼珠是很深的墨色，看起来颇有压力，黎冬枝也不知道他为什么看着自己不说话，面无表情的样子让人猜不到他的心思。

贺朗突然指了指她的脸颊。

"有纸。"他说。

"啊？"黎冬枝一开始没有反应过来他在说什么，想了想自己刚刚胡乱扯了张卫生纸在脸上擦了一下，连忙伸手去抹。

她抹了半天，也没弄掉，换来贺朗一句："你还可以再笨一点吗？"

然后，他便伸手帮她。

他指尖触到女生脸颊的时候突然顿住了。手指下的肌肤有些微凉，或许是碰了冷水的缘故，鼻尖还有一点点微红的颜色，睁着眼睛看着自己的样子，有几分无辜和可爱。

他咳了一声，屈起手指弹了一下她的脸："好了，没了。"

黎冬枝将信将疑地用手背摸了摸他弹过的位置。

走廊上有些安静，包厢里的隔音效果也很好。

黎冬枝也不知突然想到什么，质问贺朗："我给你发那么多短信，你为什么不回我？"

"我看你自娱自乐得挺开心的。"贺朗说。

他的眉眼里有一丝微不可察的笑意,估计是想到了黎冬枝那些用标点符号各种卖蠢的信息。她也不发什么实质性的内容,还乐此不疲。

贺朗看她被堵得说不出话来的样子,说:"我回了。"

新年快乐。

那是他今年发出的唯一一条短信。

黎冬枝突然被治愈,可是脑海中立马闪现出初一那天撞见他的情景。

二话不说,她扭头就往外走,只是,走了没两步就被贺朗拽住了手腕。

他说:"黎冬枝,你干吗呢?"

黎冬枝扭头瞪了他一眼:"我就是想让你体会一下被人无视的感觉,那天在街上你就是这么对我的。"

贺朗看着她的眼睛沉默。

黎冬枝甩了甩手没有挣脱,有些无理取闹:"你别以为我说过喜欢你有什么大不了的,我那天是被转晕了脑子不清醒……"

贺朗看着她那副样子,摇了摇头,隔了几秒钟才说:"算了,那天的事情我道歉行不行?"

"你为什么道歉?"

"不知道。"

黎冬枝生气:"不知道你道什么歉啊?"

"因为你在生气。"贺朗说。

黎冬枝的脸噌地就红了,明明毫无道理可言的话,听在耳朵里莫名就变了味道。

就在这个时候,不远处的包厢门被推开了。

贺朗拉着黎冬枝闪进了旁边应急通道的楼梯口。

外面传来她爸的声音说:"这孩子也不知道跑哪儿去了?"

估计有人在拉着她爸喝酒,说:"又不是三岁的孩子,这么担心干什么,来来来,我们继续啊。"

楼梯口很暗,只有应急灯闪着绿莹莹的光。

气氛莫名诡异。

黎冬枝也不知道自己为什么还要把声音刻意压低,小心翼翼地问身前的人:"我们为什么要躲起来啊?"他们又没有做什么亏心事。

"那你为什么要跟着我躲进来?"空间比较小,两个人挨得很近,贺朗的声音就响在黎冬枝的头顶。

黎冬枝反驳:"我那是根本就没有反应过来……"

她刚准备接着说什么,贺朗就弯下腰小声在她耳边说了一句:"别乱动,你后面……"

他都还没有说后面有什么，黎冬枝就已经开始尖叫了。

黎冬枝怕鬼的事情因为唐豆豆那个大嘴巴，在班上早就已经传得尽人皆知。

从贺朗说第一个字的时候她就开始脊背发凉，浑身战栗。

贺朗看着胸前紧紧抓着自己衣服的人，无声地笑了。

女生还在问："哪儿？什么东西啊？"

声音都变调了。

贺朗伸手圈住她，于黑暗中缓缓低头，一个无声无息的吻落在女孩的头顶。

回程的时候，黎冬枝坐在车上发呆。

她爸拷问她："你今天那么半天都不见人影，去哪儿了？"

结果半天都没有得到回答。

他一巴掌拍在女儿的后背说："问你话呢，你一直摸着自己的脑袋干什么？"

黎冬枝冲着她爸傻乐了一下，吓得她爸差点把车开进沟里。

黎冬枝还没有缓过神来，虽然贺朗说只是不小心下巴磕了一下。

可她怎么总感觉是吻呢？

2

高二下学期正式开学的时候,黎冬枝一进教室,里面已经吵翻了天。

经过一学期的磨合,谁上课睡觉老是打呼,谁是班上的大喇叭,谁借了谁的钱一直没有还这种鸡毛蒜皮的小事大家早已经心知肚明。

唐豆豆显得情绪很低落。

黎冬枝知道,因为纪东林走了。

他走的时候黎冬枝和唐豆豆都去送机了,唐豆豆还拉着纪东林的手说:"早知道你要出国,我当初就不该装作大方地把你让给黎冬枝。"

她泪眼婆娑的样子吓了黎冬枝一跳,事后才知道唐豆豆暗恋过纪东林。

黎冬枝拿出早餐放到她桌上:"姐姐你还没从懊悔当中缓过神呢?"

"你以为我和你一样没心没肺。"唐豆豆白了她一眼,然后毫不客气地打开早餐吃了起来,边吃还边唉声叹气,"算了,不过就是人生中的一个过客而已，等我拿下了高三的那个帅哥，几年后归国的纪东林说不定已经油头粉面不能看了。"

黎冬枝眼角直跳，让她少乌鸦嘴。

而且，就唐豆豆那对人的三分钟热度，对高三的那个学长能坚持到这学期结束算她输。

黎冬枝把书包放下，看着旁边空荡荡的位置愣神。

自从他们那天意外见面之后就再也没有联系过了。

老吴敲了敲桌子，说："大家安静啊，我知道有些人可能都玩得不知道东南西北了，但回到学校就要收收心，静下来好好学习……"

老吴说到一半的时候贺朗才来，敲了敲门口喊报告的身影和半年前突然重叠。

不过这次老吴也没有生气，还挺和颜悦色的。

等到贺朗进来的时候，老吴才说："上学期的成绩相信大家都知道自己是个什么样的水平，但总体来说，是有进步的，所以这学期暂时不调整座位了。大家有什么问题的可以私下里和我说，我们再进行调整……"

黎冬枝冲着走下来的贺朗悄悄竖起拇指。

他挑眉，用眼神询问：你干吗？

黎冬枝小声说:"夸你呢,进步很大啊,天才。"

她看过班上的成绩单,发现贺朗的成绩主要是靠着数学和物理两科拉起来的,其他科目一如既往,但这两科分数甚至比班上的大多数人都要高。

所以她真的有点相信酒鬼说的,贺朗初中时或许真的是个考神极的人也说不定。

贺朗随口道:"蒙的。"

黎冬枝才不信,如果没有扎实的基础,就凭她考试前一个月才给他恶补的那点知识,任他运气好到爆,也不可能蒙出那个成绩来。

开学第一天没什么实质性的课程,下午五点就放学了。

唐豆豆说今天有事不和她一起回家,黎冬枝便推着车一个人往回走。

刚出校门,就看见一个骑着自行车的身影朝这边过来。

脑海里闪过一个念头,黎冬枝觉得自己可能疯了,但还是行动了。只见她抬起脚冲着自己的粉色自行车"哐哐"就是两脚,等到链子滑落之后就推着车冲到路中央。

"吱嘎",急速刹车的声音有些刺耳。

"怎么了?"贺朗一只长腿撑在地上,狐疑地看着她。

黎冬枝指了指自己的自行车:"链子掉了,回不了家。"

"所以?"

"所以什么呀!"黎冬枝坐到贺朗的车后座上,她拍了拍前面人的背,"今天给你一个报答我的机会,送我回家。"

贺朗没有动作,不过已经猜到了她此刻的脸上一定是一副嚣张得像只螃蟹一样的小表情。

他说:"下来。"

"你还有没有点绅士风度啊?"黎冬枝瞬间不高兴了。

贺朗无奈,深吸一口气说:"你打算把你自己的车就这样丢在大马路上?"

黎冬枝这才想起被自己丢弃的可怜的自行车。

这如果让她老爹知道了,还不知会怎么数落她呢。

最后的解决方法就是,贺朗替她修车。

二月底天气还没有回暖,街道两边落满了焦黄的枯叶,踩在上面发出咔嚓的轻微声响。高大的男生蹲在地上,神情认真地修理着一辆粉红色的自行车。

这一幕,惹来不少路人的侧目。

黎冬枝蹲在他旁边,看着他修长的手指上沾上的黑色机油怔怔出神。

贺朗说:"你车架上怎么有鞋印?"

黎冬枝对上贺朗看过来的眼神，噌地站起来答："可能……可能是有人嫉妒我，不敢找我本人就只能拿我的车子泄愤了。"

"哦？嫉妒你什么？"贺朗也站起来。

黎冬枝冲他眨了眨眼，撩了撩自己的头发笑着说："能是什么？自然是嫉妒我的美貌！"

贺朗低头擦着自己的手，懒得搭理她。

自行车的链子被贺朗上好了，他把车推给她："行了，回去吧。"

黎冬枝不甘地看了一眼他的车后座："我可不敢相信你的修车技术，你又不和我同路，我要是骑到半路链子又掉了怎么办？"

贺朗一副你事情怎么这么多的表情，最后还是拗不过她的执着："走吧，我今天从你们那边绕回去。"

虽然没有达到最终目的，黎冬枝还是偷偷笑了。

一前一后的两辆自行车滑过街道，落日的余晖给寒冷的天气添上一层温暖的色彩。男生骑一段就会停下来往回看两眼，身后的女生追上来还在一直抱怨："你慢点啊，欺负我腿没有你长吗？"

在他们路过一片居民楼的时候，看见那里围了不少人。

低矮的两层楼房上冒起阵阵浓烟。

"什么情况？"黎冬枝惊讶地问。这里离她家不是很远，楼下还有一家她常常去光顾的早餐店。

"去看看就知道了。"贺朗说。

是楼层失火了。

他们看见了早餐店的老板娘,她似乎要往失火的楼上跑,却被人死死抱住腰。

"怎么了?怎么了?"黎冬枝扔了车跑过去。

一位邻居说:"老秦家的孩子估计是在楼上玩爆竹,不知怎的起火了。现在楼道口的杂物烧起来堵住了通道,人根本就进不去。消防也还在路上,这可怎么办,孩子还在楼上呢。"

老板娘的儿子黎冬枝见过,七八岁的小男孩,正是顽皮得不得了的时候。

"只有孩子在楼上吗?还有没有其他人?"黎冬枝问。

结果是没有。

这一片都是很老旧的小区,常年待在家的都是些老大爷和老太太。黎冬枝看着早餐店老板娘都快要哭晕过去,一时有些六神无主。

贺朗一直站在旁边,伸手搭在黎冬枝的肩膀上。

黎冬枝回头去看他。

贺朗说:"别急,把你脖子上的围巾拿下来给我。"

黎冬枝连忙解下来递给他,贺朗把自己肩上的包塞到黎冬枝的怀里,说:"看这情况应该还不是很严重,但如果小孩子躲在里面就会有窒息的危险。你去远一点的地方待着,不要靠得太近。"

他把黎冬枝的围巾在旁边的水槽里浸了水。

看他这架势分明是要冲进去,黎冬枝一把拽住他的胳膊:"太危险了。"

边上的人也注意到了这边的动静,拦着他说:"小伙子,你不知道里面的情况,等消防队吧,这样太冒险了。"

贺朗拍了拍黎冬枝:"没事。"

然后,人就沿着很窄的楼道冲上去了。

"贺朗!"黎冬枝大叫一声,急得往前迈了两步,被一个大爷拉住了胳膊。

黎冬枝第一次体会到一分一秒都是煎熬是什么滋味。

空气里都是烧焦的刺鼻味道。

她站在路边,脑子里一片空白。

再聪明的头脑,在紧急情况下应该有的应急行为她一件都想不起来,只是一个劲儿地盯着昏暗的楼道口眼睛都不敢眨。

也不知道过了多久,贺朗终于出现。

他三步并作两步,自昏暗的楼道口冲了下来,怀中的小孩子还没有昏迷，只是不断地咳嗽，很快便被大人接了过去送往医院。

贺朗在混乱的人群里寻找了一圈，很快，便看到了黎冬枝的身影。

她似是傻掉了，抱着他的背包站在原地一动不动。他知道，她估计是吓到了。

消防队员来了，为避免挡路，他走上前把人带到旁边安全的空地上。

黎冬枝的脑袋无比清醒，就是感觉手脚有些不听使唤，她从小到大哪见过这么大的阵仗啊。

贺朗拿走黎冬枝怀里的背包，她才缓过来了一点。

他的脸颊上和衣服上有几道黑印子，看起来好不狼狈。

她上下打量了一番，问："你有没有受伤？"

"没有。"贺朗摇头，眼睛里带着一点点戏谑，"怎么，吓傻了？"

黎冬枝苦着脸说："贺朗，我估计我可能有心脏病了，怎么办？我现在心跳得好快，腿也软，眼也花。"

贺朗跨上自己的自行车，没理会苦大仇深的她，拍了拍自己的后车座说："上来。"

黎冬枝指了指旁边自己的那辆车，结果被贺朗直接拉上了后座。

车子飞快地穿过人群。

黎冬枝紧紧攥住男生飞扬起来的衣摆,问他:"我们就这样走了啊?"

"你想留在那里被围观?"

"不想。"黎冬枝摇摇头说。

她回头看了一眼,那个地方依然一片混乱,但她知道,她面前的这个人刚刚做了一件了不起的事情。

"黎冬枝你好好坐着,掉下去了自己负责。"她听见面前的人这样提醒她。

所以,她便毫无顾忌地将手放在了他的腰侧,偷偷笑了起来。

3

贺朗火了。

那家早餐店对面的小超市门口有个监控摄像头,拍摄到了贺朗冲进火场勇救小孩的一幕。

这件事情被记者以做好事不留名的少年英雄的方式给直接报道了,夸张的是还有人专门给贺朗送了一面锦旗,上面赫然写着:见义勇为,情暖人间。

许伟华的关注点明显不在这上面，他好奇地问："你家不在那个方向啊，隔得那么远，你跑去那边干吗？"

贺朗往黎冬枝的方向看了一眼："半路被一只野猫缠住了。"

"我去，我怎么没发现你这么有爱心呢？"许伟华说。

贺朗随口说："野猫太野蛮，甩不了。"

"那你可得带我见识见识。"许伟华居然还真相信。

回到座位上，发现桌上多出来一个很大的纸箱子，包装得还挺严实的。

原本他以为是那个小孩的家属送来的，结果旁边的黎冬枝拍了拍箱子说："送你的惊喜，大英雄。"

"什么东西啊？"

许伟华和唐豆豆看见了，全凑了过来。

贺朗看了看黎冬枝极其灿烂的笑脸，也没有犹豫，直接撕掉了外包装，打开纸箱。

瞬间，现场鸦雀无声。

"啧啧，冬枝，我第一次发现你这么变态。"唐豆豆咽了咽口水。

许伟华则拍了拍贺朗的肩膀："兄弟，自求多福吧。"

黎冬枝被他们两个的反应给弄郁闷了，指着一整套《五年高考三年模拟》说："你们什么表情啊，知不知道这可是我精挑细选买的。"

贺朗还挺镇定的,拿起最上面的一本模拟题册子翻了翻,问她:"为什么送我这个?"

"你不是生日要到了嘛。"这是她从许伟华那里听说的。

黎冬枝一手托腮,看着贺朗说:"我也想等到那时候送的,可这不是趁还没把过年的压岁钱花完嘛,所以……"

周围有些人起哄。

为表示自己没有任何私心,黎冬枝环顾了一圈,对大家说:"这套题很经典的,大家也可以去买一套。"

众人摇头,后桌的男生还调侃说:"你们学霸的思维太难为我们了,同学间送个礼还送得这么别致。"

黎冬枝真的想一拳揍过去。

上课的时候,老吴对贺朗救人一事做了表扬,顺便提出:"我很鼓励大家在外面做好事,但前提是一定要保证自身安全。像这次的事情,你们就不要像贺朗一样闷头就往里面冲,那是他运气好……"

贺朗似乎根本就没有关注老吴在说什么,问黎冬枝:"你还有没有钱?"

"啊?你缺钱啊?"黎冬枝压低声音问。

贺朗敲了敲课桌上突然多出来的那一大摞试题，黎冬枝瞬间明白过来他是在问，她买了这些身上还有没有钱。

黎冬枝说："有。"

其实刚过完年，她的小金库还是挺充足的。

讲台上的老吴将下面所有讲小话、做小动作的人看了个一清二楚。

老师对青春期少男少女这种情况见得多了，但暂时又没有听到任何流言。想想贺朗的进步，他决定先观察一段时间。

之后的一段时间，贺朗开始给黎冬枝买早餐，豆浆、油条、小蛋糕，花样层出不穷，看得唐豆豆好一阵眼热。

一天，贺朗没来，早餐居然让许伟华给捎来了。

许伟华递早餐给黎冬枝的时候说："他为了一小块蛋糕早上五点半就把我给吵醒了……"

"他干吗去了？"黎冬枝问。

许伟华挠挠头："好像是他弟弟生病了吧，烧得挺严重，所以他一大早就去医院了。"

对贺朗还有个弟弟这件事，黎冬枝有些惊讶。

唐豆豆趁黎冬枝不注意抢过装着蛋糕的袋子，捅了捅她的胳膊，怪笑着："你俩这段时间发展不错啊，进展到哪一步了？"

黎冬枝把蛋糕抢回来，白了她一眼："什么事都没有，他估计是以为我没钱了担心我饿死吧。"

"信你俩才有鬼，贺朗什么人啊，有的是人想巴结他。结果呢，你说他本人都没来还惦记着给你带早餐，你还敢说你们什么都没有！"

黎冬枝翻了个白眼，她倒还真希望有点什么呢。

可事实上是，她从来摸不准贺朗那个家伙到底在想什么。

唐豆豆很惊讶："真的什么都没有？"

"什么都没有。"

唐豆豆很无语："你说你一个好好的生日机会不抓住，竟然送人家高考模拟测试题，也难怪人家看不上你。"

"你懂什么，我这叫未雨绸缪。"黎冬枝抽出一套数学卷子开始做，边写边说，"我这眼光放得长远呀，如果贺朗成绩能够提上来，说不定还能一起上个大学啥的。"

唐豆豆看着她啧啧摇头，一个劲儿念叨："黎冬枝，你真的完了。"

黎冬枝没有理会唐豆豆后面说了什么，看着自己写下的那两个字出神。

唐豆豆也看见了，一把抽走了她手上的笔说："你这状态真是够呛的,你怎么不直接在考试的时候把他名字写上,替他考算了。"

黎冬枝把笔抢回来,三两下涂掉了"贺朗"那两个字。

唐豆豆趴在桌子上看着她:"哎,我们今天去医院找他好了。"

"去医院干吗,又不是他病了。"

"黎冬枝,你的聪明劲就不能用在关键时候?面对爱情的时候,除了要有你这样有直面内心的勇气,也要对症下药好不好,没有机会就要自己创造机会啊!"

黎冬枝一面怀疑唐豆豆是不是爱情小说看得太多,一面又真的有些蠢蠢欲动。

此时,贺朗正在医院。

贺杰半夜发高烧,父亲一大早给他打了电话。贺家大人都有工作,早上走的时候贺杰的妈妈特地把贺杰交给他,让他帮忙照顾一下。

黎冬枝从病房外边看到他的时候,他就坐在里面的沙发上——跷着长腿,手上正拿着一个苹果在削皮。

床上躺了一个小男孩,看不到正脸,似乎正歪着头和他说什么。然后就见他放下手上的苹果,弯下腰用手背试探了一下男孩额头的温度。

唐豆豆和黎冬枝并排扒在门外的窗口上。

唐豆豆捅了捅她说:"你现在是不是很希望,躺在床上的人就是你呀?"

"别说,还真有点。"黎冬枝咕哝。

唐豆豆一脸震惊,笑着推她:"喂,我就说说而已。黎冬枝,你可要拿出你作为学霸的骄傲和尊严来,花痴成这样可不适合你。"

许伟华两只手分别搭在她们俩的肩膀上,凑过来说:"你俩磨蹭啥呢?还进不进去?"

许伟华被嫌弃地推开了。

"许伟华,你一个大老爷们儿一直跟着我们干什么?"黎冬枝白了他一眼。

"就是。"唐豆豆附和。

许伟华指了指病房:"允许你们在这里鬼鬼祟祟的,还不准我来找自己的哥们儿啊?"

他说话的声音有些大,吓得唐豆豆连忙去捂他的嘴。

可惜还是被贺朗听见了。

贺朗打开门的时候,及时接住了差点跌倒的人。

看清了外面的几个人,贺朗似乎并不觉得意外,只是扶正了怀里的人问:"你们怎么来了?"

黎冬枝尴尬地扒拉了一下自己的头发说:"呃,听说你病了……不是不是,听说你弟弟病了,我们来探望探望。"

贺朗没多说什么,说:"先进来。"

这是黎冬枝第一次见到贺朗的弟弟贺杰——小萝卜头看起来还有些虎头虎脑的可爱,因为病了的缘故,所以还有些无精打采。

"哥哥。"小孩小声地叫着贺朗。

贺朗转身走到床头,问:"怎么了?还是不舒服?"

黎冬枝怔怔地看着,他的眉毛轻轻蹙着,眼里有令人安心的力量。

他的家庭情况,黎冬枝隐约知道一些,她一直以为他和家里应该是势同水火的,见到这一幕,她才知道并不是。

起码,在这个同父异母的弟弟面前,他绝对称得上是个让人放心的、温柔的哥哥。

唐豆豆打了个招呼,然后冲黎冬枝挤眉弄眼一番之后,便硬拉着许伟华出去了,留下黎冬枝一个人和贺家兄弟俩大眼瞪小眼。

"姐姐,你是我哥哥的女朋友吗?"小孩有些好奇地看着她。

黎冬枝扑哧笑了,跑到病床的另一边坐下:"小鬼,你才多大,你知道什么是女朋友吗?"

小孩睁着眼睛煞有介事地说:"知道啊,幼儿园里我有两个女朋友。"

黎冬枝笑得前仰后合，冲站在一边的贺朗说："你弟弟很牛嘛，将来长大了得祸害多少小姑娘啊。"

贺朗不置可否。

黎冬枝话锋一转，指着贺朗，问小孩："那你告诉姐姐，你哥哥有几个女朋友？说了姐姐送你一份大礼怎么样？"

于是，两个人便当着贺朗的面说起了悄悄话。

对他们幼稚的行为，贺朗选择视而不见，转身坐在一边的沙发上刷起了手机。

不一会儿，唐豆豆在病房门外冲黎冬枝招手。

黎冬枝摸了摸贺杰的小脑袋，从口袋里掏出常备的棒棒糖递给他，然后冲沙发上的贺朗哼了一声，就出去了。

刚刚贺杰说了，寒假的时候就有好几个姐姐来找过贺朗。

黎冬枝有些无语，他分明一看就不是个好人，脾气不好，成绩还烂，可偏偏就是有那么多人要往他身边凑。

黎冬枝关上门的时候，贺朗才抬头看了门口一眼。

床上的贺杰看了看自己的哥哥，撇嘴说："哥哥，她真是你女朋友？"

"不是，怎么了？"

贺杰挥了挥手上的棒棒糖,翻了个白眼说:"连幼儿园小班的朋友都已经不会被一支棒棒糖收买了,她告诉我的大礼居然是这个?"

贺朗敲了敲小男孩的头,笑了一下说:"那你还被她骗?"

贺杰从小就没有和哥哥生活在一起,对贺朗这个半路出现的哥哥他一直是很崇拜的,虽然爸爸老是一边心疼着一边又在背后说他哥不学无术,但他依然喜欢着这个看似对他很冷淡,但其实很温和细心的哥哥。

所以他也知道,刚刚他哥对那个女生的态度明显和其他女生不一样。

他小心翼翼地问:"那哥,你到底喜不喜欢她啊?"

"你才多大,知道什么是喜欢?"

贺杰不服气了,仰着下巴回了一句:"别拿我当小孩子,刚刚那姐姐还说我比你靠谱呢。"

贺朗笑出声,揪了揪小孩的耳朵,他淡淡地说了一句:"她幼稚起来比你还像个小孩子,少听她胡说八道。"

黎冬枝、唐豆豆、许伟华三人正要离开医院的时候,撞上了贺杰的妈妈。

看着这个有些干练,但对着贺朗总显得拘谨和不自在的女人,黎冬枝猜到了她的身份。

"阿姨好。"他们乖乖地打招呼。

贺杰的妈妈一心担忧着儿子的病情，笑着点点头说："你们好，你们是贺朗的同学吧？"

互相认识之后，她又对贺朗说："既然是你同学，就送送人家，不然你爸又该说你不懂事了。"

所以，贺朗便跟着他们一起出了医院。

半路，唐豆豆拉走了许伟华，走的时候悄悄对黎冬枝说："姐们儿，机会摆在你面前了，把握住，加油！"

弄得黎冬枝总觉得贺朗看过来的眼神带着不同寻常的意思。

黎冬枝尴尬地问他："你现在……和你爸一起住吗？"

她以前不知道贺朗究竟住在哪儿，她一直以为他不是和酒鬼一起住就是经常窝在网吧。

"没有，在外边租了房子。"他说。

天已经暗下来了，华灯初上。

路过广场时，有大爷大妈正跳着广场舞，小孩子穿梭来往，嬉笑打闹。

黎冬枝一下子就想到了下午见到的贺杰，想了一下说："贺杰看起来挺崇拜你的啊，看得出来你们关系不错，刚刚离开医院的时候他拉着你分明是不想让你走。"

贺朗看了她一眼:"你想说什么?"

"呃……你不愿搬回去,是不是觉得不自在啊?"

女孩子小心询问的目光看着他,他伸手蒙了一下她的眼睛。

她有些莫名其妙,回过神的时候发现贺朗已经往前走了。

"哎,等等我啊。"黎冬枝拽了拽书包带子,小跑着跟上去。

刚与他并肩,就听他说:"不是我觉得不自在,只是不想让别人因为我觉得不自在而已。"

黎冬枝没有搭话,低着头安静地跟在他身边。

断断续续地,贺朗说了关于他童年记忆中唯一对父母的印象,以及那些年和爷爷奶奶的生活。

贺朗有过几年非常荒诞的时光,不上学,瞒着家人给人家打零工。为了凑爷爷奶奶的药费,各种活儿都接过,和人起了冲突二话不说就上前打成一团。那个时候的他有着满腔的压抑和愤怒找不到宣泄口,一双拳头就是他的全部。

那样的经历,带着不足为外人道的艰难与晦涩。

贺朗有些好笑地看着身边一脸凝重的黎冬枝,原本想要揉揉她头发的手在半空中顿了一下,最后还是选择敲了敲,直到她不明所以地抬起头时,他才笑着说:"别一脸苦大仇深的,不适合你。"

黎冬枝斜了他一眼,突然说:"我是替你心疼呢。"

旁边突然快速开过一辆摩的,贺朗顺手拎着黎冬枝的书包把她拉到了不靠近马路的一边,说:"不用了,留着心疼心疼你自己吧。"

"什么呀。"黎冬枝也不在意他显得很粗暴的动作,兴冲冲地说,"我今天在网上看见了,说爱一个人的最高境界就是心疼。"

贺朗有些头疼地看了她一眼,心想真不知一个女孩子究竟哪儿来的胆子,时时把喜欢和爱挂在嘴边。

4

时间过得飞快。

学校里的课程一直进行得有条不紊。

高二下学期,课程明显比以前更重了,老吴常常挂在嘴边的就是"你们下学期就要升高三了,这是你们最后努力的机会"……

黎冬枝和前排的唐豆豆嘀咕说老吴这一年越来越唠叨了,能一个人说上两节教育课都不带重样的。

关键是,他明明是教数学的啊。

不过要说这学期变化最大的,还是物理老师对贺朗的态度。

"贺朗,上来把这道题做一下。"

物理老师姓金,是个戴着金丝框眼镜的男老师,长得斯文,只是眼镜后的眼神嗖嗖地冒着寒气。他对自己越是看中的学生,就越严厉。

贺朗慢吞吞地站起来,扯了扯身上的校服然后走上讲台。

已知液泡的直径,煤油的密度和比热容,太阳和地球的距离等,试求太阳的辐射功率?

贺朗之前分明没怎么认真听,但他在讲台上站了大约半分钟的时间后,就拿起粉笔开始写。

复杂的公式和计算很快写了一大版,他的板书异常好看,字体有型工整。

一些物理成绩很差的人完全不知道贺朗写了些什么,只是突然发现贺朗越来越出人意料了。

他随随便便地往讲台上那么一站,就已经足够吸引目光。

黎冬枝心里五味杂陈。

物理老师一开始注意到贺朗是因为上学期期末考试的最后一道题,那是一道带电粒子在磁场中偏转的问题,全年级唯一一个答对的人,就是贺朗。

不是题有多难,而是有陷阱。黎冬枝就为此失了分,还郁闷了许久。

此时，贺朗答完了题。

金老师虽然脸上没有多少表情，但看得出来他对贺朗这个突然显出物理才能的家伙非常满意。

他拿着粉笔在黑板上打了一个大大的"√"。

金老师不动声色地翻开课本，缓缓地说："看来同学们都还是有认真预习。这节课要讲的，就是黑板上这道题所涉及的内容……"

黎冬枝对走下来的贺朗小声说："你什么时候预习的课本，我居然不知道？"

贺朗扬了扬眉，从他前面的一摞书中抽出一套练习题给她。

黎冬枝一看，可不就是自己买的那一套《五年高考三年模拟》嘛。她随手翻了翻，发现里面的题七七八八竟然做了不少，而刚刚那道题赫然就在其中。

黎冬枝现在有个习惯，就是她自己在认真上自习或者做题的时候，只要旁边的贺朗在睡觉或者玩手机，她就会捅他一下或者拿笔戳他。他一般都会面无表情地看她一眼，然后默默地抽出练习题开始做。

不过，他还是按照自己的喜好来，从来只做感兴趣的。

黎冬枝提醒了他几次，后来就懒得说了。

另一边，许伟华对于自己老大居然抛下自己开始往好学生的方向发展，明显有些慌，但也无能为力。

不过从他每天早上做的第一件事就是从黎冬枝收上来的作业里拿好几份去对比着抄来看，用黎冬枝的话说就是，他在作弊这条路上是越发精益求精了。

四月，天气升温。

馥郁的芬芳弥漫在整个校园，脱去了寒冬的外衣，处处绿意新生，充满了生机与活力。

但，焦躁感也油然而生。

这样的压力来源于高三那边，还有两个月淮岭就将又有一批人面临着高考的大关口，虽然他们才高二，但老吴依然天天耳提面命。

好在期中考试过去没多久，学校组织了一场全校大型的篮球赛。

不止高一高二，连高三年级也参加，这明显是学校决定给处于紧张学习中的学生们缓冲一下压力。

三班的篮球一直打得都还不错，除了贺朗，还有许伟华、熊其等高个子男生。

这一次，还举行了女子篮球赛。

班长刘浩统计参赛人数的时候问到了他们这边，前排的罗晓然犹犹豫豫地举了手，报上名字之后就转头对着贺朗说："贺朗，我没什么经验,你篮球打得那么好,我要是有什么困难能请你帮帮忙吗?"

黎冬枝瞬间抬起头,脑海中一下子闪过这样的画面——月黑风高的学校篮球场空无一人,罗晓然娇娇柔柔地投不进篮,摔倒在地,向贺朗求助……

而现实中,她听见贺朗说:"可以。"

"我也参加。"黎冬枝突然出声,然后站起来看向班长刘浩。

贺朗却径直将她按回座位上。

"黎冬枝你也要参加吗?"刘浩听到她的声音,立马转过来问,一边问一边打算登记。

贺朗伸出一只手,按在了统计的本子上:"她不参加。"

刘浩看看两人,问:"到底是参加还是不参加?"

"参加。"

"不参加。"

两人异口同声。

"凭什么我不能参加啊?"黎冬枝不服气,瞪了一眼举止奇怪的贺朗。

贺朗收回手,皱着眉说:"你太矮了,不合适。"

黎冬枝:"……"

她太矮了？那个罗晓然也不见得比她高到哪儿去吧。

旁边的刘浩弱弱地看了两个人半天，最后迫于贺朗身上散发的压力，默默拿着本子往旁边去了。

黎冬枝觉得不可思议，这家伙刚刚那眼神是在威胁班长吧。

贺朗达到了目的，便自顾自地坐下来，也没有理会旁边女孩那打量的目光。

学校的女子篮球赛他又不是没有见过，那能叫打篮球吗？打架还差不多。全程无视裁判的判罚，没有任何规则，抓头发的、把球抱在怀里在地上滚成一团的，画面惨不忍睹。

就黎冬枝的脾性，他还真担心到时候她和人打起来。

篮球赛断断续续地要进行四个星期左右。

真正开始比赛的时候，黎冬枝无比庆幸贺朗阻止了自己。

当黎冬枝看着一群女生的头发被抓得乱七八糟时，开始有点同情了。全场下来就他们班进了一个球，画面那叫一个不忍直视。

关键是，他们班赢了，下周还要比一场……

此时，罗晓然一直盯着贺朗，眼神很哀怨，当初的目的是想让贺朗提点，好进一步接触，可直到上场了都一直没有找到机会。

深呼一口气，她终于鼓起勇气走到贺朗的面前。

贺朗正光着膀子和一群男生坐在石阶上，下午就是男子篮球赛，他们班对五班。

另一边，黎冬枝正带着几个女生做着后勤，拿着毛巾和水跑上跑下。

毕竟事关自己班上的荣誉，她一开始因为不能参赛还有些生气，现在倒显得异常积极。

唐豆豆对黎冬枝说："没想到第一场就对上了五班，下午这一场估计有些难打。"

"难打什么呀。"黎冬枝无所谓地拧开一瓶水喝了两口，"以前五班那么厉害完全是因为纪东林在，他是前锋，现在人都走了实力肯定大幅下降。"

她说的是实话，却换来唐豆豆两个大白眼。

下一秒，唐豆豆突然推了推她的肩膀，下巴朝着不远处抬了抬。

黎冬枝转头看去——贺朗正拿着篮球在教罗晓然动作要领。他还坐在石阶上，一边动着篮球一边和罗晓然说着什么，而罗晓然双颊泛红完全一副娇羞的样子。

罗晓然是真有些激动，毕竟贺朗的旁边还有那么多男生看着，她开始叫贺朗的时候他看着别处根本就没有注意，然后不知怎的，突然回过神来开始认真指导她。

她一个字也没有听进去,只顾盯着贺朗出神了。

她知道贺朗和学校大多数男生都不一样,他还没有来淮岭的时候她就听说过他了,教学城的风云人物。直到上学期刘浩生日会的那场闹剧,才让她真的对这个人产生了不一般的感觉。

可她用了不少心思,却始终没有得到他的注意。

"哎呀,辛苦了辛苦了,来喝水!"

好不容易才争取的二人世界被突然打破,罗晓然怨念地看着突然出现的黎冬枝。

黎冬枝那张灿烂到极点的笑脸对罗晓然来说像是讽刺,别人不知道可她知道,这黎冬枝分明就是也喜欢贺朗。

黎冬枝选择性忽略罗晓然吃人的眼神,摸了摸自己的头发提醒她:"那个……你头发有些乱,要不要去整理一下?"那哪是乱啊,分明已经快成鸟窝了好吗!

罗晓然表情一僵,想到刚刚自己竟然就以这样的形象出现在贺朗面前,立马满脸通红,头也不回地就跑了。

黎冬枝无语了半天,没想到罗晓然的反应这么大。

她回头看了看贺朗,他手上还抓着篮球,一直盯着她。

那个眼神黎冬枝理解为不善,是认为她坏了他的好事吗?

她犹豫着说:"那个……那个……我就是好心提醒,下午加油……"

贺朗淡淡地接了一句:"我们会赢的。"

黎冬枝有些惊讶了。

这贺朗什么时候变得这么高调了?之前他都是和高三的在一起打球,也没见他放过话,狂傲地说一定会赢啊。

黎冬枝呵呵笑了一下,附和着说:"当然当然,五班实力一般而已。"

她话音刚落,贺朗手中的篮球就朝球场边狠狠抛了过去。

那边传来许伟华一声大叫,他嚷嚷着:"哥你干吗啊?我现在都没有偷懒!"

黎冬枝往那边看了一眼,许伟华正弓着腰在练习运球。贺朗扔过去的球估计砸到了他的屁股,他正一边搓一边哀怨地看着贺朗。

贺朗的眉头皱得很深,她听见他对着许伟华说:"掌握好节奏,身体低一点,你是在跳舞吗?扭给谁看呢?"

周围一片哈哈的笑声。

只有黎冬枝感受到了森森的寒气。

5

他们班的第一场球赛赢得异常高调。

基本上算是吊打对方的节奏,而且贺朗下半场根本就没有上场,因为上半场基本就拉开了几乎无法扭转的比分差距。

黎冬枝默默地递了一瓶水上去,听见旁边有女生已经在开始小声地嘀咕他了。

"那个坐在旁边没有上场的人叫什么名字啊?"

"不认识,只知道是高二的。"

"太帅了吧,第一场你看到没有,所有的三分球基本都是他进的。"

……

黎冬枝满头黑线,一场简单的球赛吸引了不少学妹的眼光,这个家伙是不是故意打得这么猛的啊?

毛巾发得只剩一条了,她顺手就扔到了贺朗的头上。

他把毛巾拿下来抓在手里,看了黎冬枝一眼。

黎冬枝就坐在他下一层的石阶上,因为阳光刺眼,她仰头的时候微微眯着眼睛,看着上方逆光阴影中的人说:"你现在是不是特开心啊?三分小王子。"

贺朗原本轻蹙的眉因为女生的表情缓慢展开。

她眯着眼睛，生气的时候，龇着牙。贺朗抖开手上的毛巾挡住光线，在女生刚刚睁开眼的时候又一下子罩在她的脸上，趁机胡乱揉了两下。

心想，什么破称号？还三分小王子？

后面的比赛一直进行得异常顺利，三班一路过关斩将杀进决赛。

老吴显得有些兴奋，甚至允许参加篮球赛的人匀出时间来练习篮球。

三班最终拿了年级第一。

篮球赛进行到尾声的最后一个星期，贺朗和几个高三的男生一起和学校的老师对战一场篮球赛，连班主任老吴都在其中。

学生这边，几个球员篮球打得好，长得都还行，贺朗就是其中之一；老师这边，大多是年轻的体育老师或者班主任。

这场赛事可谓是全校瞩目。

比赛定在周二的下午。

黎冬枝特地从老吴的办公室里搬来了一个小音响，开关一打开，刺啦啦作响。

现场的观众里三层外三层，颇为壮观。

黎冬枝提前做了功课，开场前放了一首亚瑟小子的《Yeah》，音乐节奏一响起，现场气氛瞬间更加火热。

黎冬枝看向场中央的贺朗。

他还穿着那件红白相间的球服，黎冬枝记得，上面的号码是"3"。

他的样子看起来还颇为闲适，站在那里和几个男生说着什么，又往老师那边看了看。

比赛正式开始。

学生这边占了上风。

他们本就是一群体力惊人的年轻小伙，估计也是这段时间被学业压得紧了，好不容易抓着个机会当然要好好报复。整场的节奏打得都很快，比分一开始还胶着不下，但很快就拉开了差距。

黎冬枝看得有些激动，目光基本上都是跟着贺朗移动而移动。他算是学生这边的主力了，平常就跟高三这帮人比较熟，所以配合得很默契。

上半场还剩最后五分钟的时候，对方抢了球跑到了三分线外准备直接起跳。

看到急速奔来的贺朗，黎冬枝直接拿过班上同学手里的喇叭冲着场上大喊:"贺朗!加油!"

她话音刚落,贺朗直接起跳,一个大盖帽拍下了球。

黎冬枝差点跳起来,别怪她这么激动,刚刚那个对手不是别人,正是三班现在的体育老师。每节体育课她都被折磨得生不如死,她的所有借口都在这个老师面前统统无效,现在看他被盖帽,她当然高兴了。

黎冬枝这一吼别说震得周围的人频频侧目,就连一刻也没有停的贺朗,也在间隙中回头看了她好几眼。

接下来的几分钟,场上的节奏越发快了。

估计是刚刚黎冬枝那一嗓子带动了不少气氛,身边不少大喊着加油的声音。这种混合队没有办法喊固定的哪一个班,大家都纷纷喊着名字。

三班的人基本都坐在一团,黎冬枝拿着喇叭喊"贺朗",后面的人就大喊"加油",声音整齐又嘹亮。

中场休息的时候,老吴隔了老远就把黎冬枝给叫过去了。

老吴累得够呛,喘着气说:"我还以为你找我拿这些装备是准备给我加油助威的,原来是为了和我作对?"

边上的老师和学生都笑了。

黎冬枝也笑了出来，挥了挥手上的喇叭对老吴说："老吴，刚刚我可是给我们班的人加油，这不就变相地给您争光嘛。"

老吴在外面也是要面子的，擦着汗说："什么老吴老吴的，叫老师！"

黎冬枝不在意地"哦"了一声，殷勤地给老吴递了一瓶水。

不远处的贺朗身边围了许多人，都是很熟悉的。

有人拍着他的肩膀，指了指黎冬枝的方向调侃："刚刚那女生我可在你身边见过不少次了，什么情况啊兄弟？"

贺朗拍开身上的手，往黎冬枝的那个方向看了一眼，正见着她和老吴说着什么，估计又是在插科打诨，借着她那点机灵劲儿拍马屁呢。

他牵了牵嘴角，坐在石阶上微微放松身体。

突然，身边坐了一个人。

他转头一看，是很久没有遇见的何霜。

"你怎么来了？"贺朗问。

何霜笑了笑："我不能来？难得有机会看你打球，我自然要来看看。"

贺朗点头，不再说什么。

周围的人都安静下来，没有往两人身边凑。高三和贺朗比较熟悉的人都知道，这不过是一场注定没有结果的单相思，一直以来都是。

一个是顾着以前的情分不想把关系弄得太僵，一个是不愿相信，自欺欺人。

何霜看了看贺朗的侧脸说："马上高考了，我决定报考外省的大学，就是你以前决定要去的城市。"顿了顿，又问，"你还记得你当时为什么选那个城市吗？"

贺朗摇头，扯了一下嘴角："不过是随便选的，就这样。"他手上做出扔飞镖的姿势。

那个时候爷爷奶奶过世，不打算继续学业，接下来的人生在哪个地方度过都没有所谓。所以，他蒙上眼睛，面前摆上一张地图，把人生交付给命运。

何霜迟疑了一下，缓缓地问他："那你大学还会选择那里吗？"

"不清楚。"说这话的时候，贺朗的眼睛看着黎冬枝的方向。

何霜顺着他的视线看过去，看到了一个不算陌生的身影。她眼神沉了沉，然后又快速低下头掩藏了眼中的情绪。

下半场，黎冬枝情绪低落。

比赛结束了,她还一个人蹲在操场的梯子上发呆。她蜷缩着,抱着自己的膝盖,数着从石头缝里爬出来的蚂蚁。

"数明白了?"头顶传来熟悉的声音。

贺朗还没有换衣服,自顾自坐在了黎冬枝的旁边也不再理会她。

黎冬枝瞄了他两眼,感觉心越来越堵了。

她想到不久前看到的那个画面,俊男美女自成一方天地,他们歪着头谈论着什么,微风吹起,画面美得像一幕浪漫青春电影。

黎冬枝拿手指挡住一只蚂蚁的去路,像是找到了乐趣一般,和一只蚂蚁较劲。

"她不是我女朋友,一直都不是。"

这句突如其来的话瞬间让黎冬枝愣住了。

她低着头,杵在地上的手指一动不动,连那只蚂蚁快速从旁边溜过,她也没有心思再去关注。

隔了很久,黎冬枝才偏头看了看身边的人:"你刚刚是在跟我解释吗?"

"不然呢?"贺朗的语气里分明就是无奈,"我要是不来,估计你今天是不会放过这群蚂蚁了。"

这语气里的戏谑黎冬枝算是听出来了,她没好气地顶了一句:"不是你女朋友又怎么样?跟我有什么关系?"

"是跟你没关系。"贺朗不咸不淡地接了这么一句。

黎冬枝都还没有来得及生气,贺朗又说了一句:"是我自己想解释而已。"

瞬间,黎冬枝的心情明亮起来。

看着身边的人,她偷偷捂住了忍不住翘起的嘴角。

Chapter6
/ 我们一起上大学怎么样? /

1

六月,高考前何霜来高二年级找过贺朗。

他们在走廊里说了半天不知谈论了什么,黎冬枝心情欠佳,却也拉不下面子来去问。

他们也马上要期末考试了。

那几天天气异常燥热,黎冬枝只考了一场语文,就感觉浑身不对劲。

下了考场的时候,唐豆豆吓了一跳,拉着黎冬枝上下打量:"你怎么回事?脸怎么这么红啊?"

黎冬枝后知后觉地摸了摸自己的脸问:"很红吗?"

唐豆豆狠狠点了点头。

两人回到教室放下东西,原本唐豆豆说要带着黎冬枝去医务室看看,结果还没出教室就被刚刚回来的贺朗拉住了。

他黑着脸,皱眉问:"怎么回事?"

还不等黎冬枝回答,他的手就已经覆在了黎冬枝的额头上。大约三秒后,他放下手,把东西扔给身后的许伟华,然后对黎冬枝说:"怎么烧得这么严重自己还不知道,走,去医务室。"

原本要去的唐豆豆就这样被莫名扔下了。

到了医务室一量体温,快烧到三十九度了。

医生建议输液,但黎冬枝担心期末考试时间来不及,坚决拒绝,最后是贺朗强制性地把她留在了医务室。

"你是想烧成傻子?"贺朗语气严肃,似是生气了。

发着烧的黎冬枝瞪他一眼:"少这样诅咒我啊,我脑子聪明着呢。"

贺朗不知道是该生气还是该笑,只按住她的额头,阻止了她预备要从床上爬起来的动作。

他说:"听医生的话。"

这句话说得很轻、很温柔,黎冬枝瞬间就投降了。

那两天,黎冬枝也不知道自己究竟是怎么度过的,浑浑噩噩的,唯一还记得特别清楚的就是每天中午都会被贺朗带着去医务室。她输液的时候,他会在旁边陪着。

医务室的窗口有阳光洒进来,外面蝉鸣不停,空气静谧。

考试结束后,她有些慌张地对贺朗说:"怎么办?我感觉我虽然坚持考完了,可一道题都想不起来了怎么办?"

贺朗正在试她有没有退烧,闻言,他将试探的手掌改为敲了敲她的脑袋说:"没事,你脑子别的不行,但是在考试上凭借本能也不会差到哪儿去的。"

黎冬枝都不知道他这是在安慰自己还是在骂自己。

事实证明,黎冬枝就算烧得稀里糊涂考完了全程,还真像是贺朗说的,没有差得一塌糊涂。

但她确实倒退了。

年级退居第十,班上退居第三,她甚至都没有考过罗晓然。

要知道,对尖子生来说,尤其是常年处在年级前端的尖子生来说,倒退两三名那都是致命的问题。

黎冬枝知道成绩的那一刻都没敢回家。

虽然她爸妈对她的成绩不太上心，但这不太上心是基于她一直非常稳定的状态。虽然这次考差了情有可原，但她担心她还没有来得及解释，就会被先伺候一顿刑讯逼供。

在得知成绩的那天，黎冬枝溜去了祝安和可可的网吧。

"对不起，我们这里未满十八岁的人不让进。"

"我找人。"黎冬枝不知道解释多少遍了还是没有被放行。

新来的前台小哥没有见过黎冬枝，又非常有原则和死心眼，非让黎冬枝拿身份证。

"我找贺朗，或者找你们老板和可可也行啊。"黎冬枝继续纠缠。

小哥看起来挺年轻的，染着黄头发，很瘦。他瞥了一眼黎冬枝，说："老板和女朋友去外地了。同学，像你这样缠着说要找朗哥的女生我都见了好几个了，别费劲了，要么自己打电话，要么赶紧回家。"

黎冬枝捏了捏拳头，说："我手机要有电，还用得着跟你废话这么半天吗？"

僵持不下，黎冬枝气得不行，坐在凳子上半天没动。

"干吗呢?"

懒散熟悉的声音,让黎冬枝一下子抬起头。

是贺朗!

他一副长期窝在网吧的打扮,像是去年夏天第一次在酒鬼的超市见到他的那副样子,脚上趿拉着拖鞋,穿着T恤、裤衩,指间还夹着香烟。

贺朗见到黎冬枝,也愣了一下。

直到前台小哥叫他,他才回过神。

小哥指着黎冬枝,对贺朗说:"这个同学非说要找你,解释了半天也不听。"

贺朗狠吸了一口烟,然后把烟头掐灭在了前台的蓝色烟灰缸里。

他说:"以后再见着她,直接让她进来。"

前台小哥愣了愣,忙不迭地点头。

贺朗拽着黎冬枝的书包带子,一开始人还不肯动,用了点力才乖乖跟过来。

在二楼找了个安静的地方坐下,他问:"怎么来这里了?"

低头不语的黎冬枝终于抬起头,贺朗这才发现她的眼睛红了,而且似乎有越来越红的趋势。

贺朗有一瞬间的僵硬，像是想到什么一般默默地在她身边坐下，耐心地等着她平复情绪。

　　可黎冬枝哪是个委屈自己的主儿啊，当下就掉了两颗金豆子。

　　她刚刚真的是气得够呛。她抽噎了一下，说："你这是什么破地方，见你比见个太上老君还要难。"

　　贺朗松了口气，知道她是为刚刚被拦住的事情发脾气。

　　他耐心地解释一句："那小哥是新来的，才来没几天，有些兢兢业业很正常。再说，你这没到法定年龄本来就不让进这种地方，何况你还穿着校服。"

　　黎冬枝丝毫没感觉自己得到了安慰，眼泪落得更厉害了，红着眼睛说："不让进就不让进，我本来考试就考砸了不敢回家，连个网吧都进不去，我以后再也不来你这破地方了！"

　　贺朗有些好笑，看着她的眼泪，心里又有些刺刺的感觉。

　　到里间拿了卫生纸轻轻擦了擦她脸上的眼泪，他的动作不够熟练，有些僵硬。

　　他深吸了一口气试着安慰："你就是心理落差造成的压力，你的成绩我从老吴那里知道了，原因我也说了，他会和你爸妈解释的。"

　　"真的？"黎冬枝将信将疑地看他。

　　贺朗紧了紧掌心的纸，暗道还好不哭了。

女孩子的鼻尖和眼睛都红红的,说话瓮声瓮气的,看起来有几分小可怜。

贺朗笑着说:"真的。"

黎冬枝其实也知道就算退步了她爸妈也不可能真的揍她一顿或者骂她,她就是一直处在云端,一时接受不了突然落下来的感觉,加上刚刚被人拦在外面,一时情绪失控。

等到现在缓过来了,看了看面前的贺朗,她终于生出一种这次丢脸丢大发了的羞愧感。

贺朗没有揭穿她,去外面给她拿了一瓶水。

黎冬枝趴在电脑桌上装鸵鸟。

待了没多久,贺朗就揪着黎冬枝的后衣领子把她带出了网吧。黎冬枝一边慌乱地倒退着,一边挣扎说:"你干吗呀,我不回去。"

贺朗换了身能出门的衣服,像是根本没有听到她的话一样,自顾自带着她往前走。

大街上就出现了这样一番令人侧目的场景,高大的男生仗着身高优势,一路上单手拽着女生往前走,女生像是在求着什么,后来发现实在不管用就直接蹲在了地上。

贺朗头疼地看着黎冬枝。

黎冬枝扯了扯被他揪皱了的衣服,仰着头威胁:"别再靠近我啊,你再这样我就喊人了,说你是人贩子。"

贺朗气笑了,打量了一下黎冬枝:"人贩子估计都懒得拐你,你能值几个钱?"

黎冬枝说不过他,反正就是不起来。

隔了半天,她又小声说:"我真的不能在网吧里待一个晚上吗?我可以付通宵的钱啊。"

"不行!"贺朗果断地回绝了她。

黎冬枝被拽到自家楼下的时候,对贺朗说一不二的德行真是佩服得五体投地。

她看了看自家窗口,也不知道爸妈回来没有。

贺朗抱着手臂站在旁边,好笑地看着她一副躲躲藏藏的样子。

"行了,上去吧。"贺朗说。

黎冬枝转头苦着脸说:"我不敢。"

她终于还是投降承认了自己的软弱。

这次考试结果,是她完美学习生涯中的一次败笔。她从前没有经历过,所以也无法揣测父母的反应。

贺朗看她那副样子,到底是心软了。

他走上前摸了摸女孩柔软的发丝,安慰道:"多大点事。"

黎冬枝深吸了一口气,点了点头,然后一步三回头地进了自家那栋楼的楼道。

打开家门。

黎冬枝看见正坐在沙发上看新闻的黎建刚同志,他瞟了门口一眼,随意地说:"又上哪儿去了?怎么这个点才回来?"

"呃……去同学那儿了。"

黎冬枝原本还以为她爸还不知道成绩的事情,结果黎建刚下一句就说:"我听你们班主任说你考试的时候发烧了?"

黎冬枝脚步一顿,缓缓地放下书包:"嗯,已经好了。"

"那就行,暑假了别成天往外跑,这天气又热,小心中暑。"

黎冬枝应答着,内心忐忑了半天,最后还是决定自己坦白。

她走到沙发边,说:"爸,我这次考了年级第十。"

她爸看着电视,半天反应过来说:"啊?哦,考得不错。"

黎冬枝:"……"就凭她爸这反应,她终于不害怕自己挨骂,她唯一怀疑的是,自家老爸是不是根本就没有把她被当回事啊。

看着女儿回了房间,原本坐在沙发上的黎建刚同志有些好笑地摇摇头,拨通了妻子的电话:"人回来了,没什么事……放心,你女儿你还不知道,不长记性,两天就忘干净了。"

无精打采地飘回房间的黎冬枝,给贺朗发了条短信。

"我怀疑自己可能真的是被捡来的。"

收到这条短信的时候,贺朗还站在她家楼下。想到此刻女孩那副纠结的神色,他扬了扬嘴角,抬头往楼上看了两眼,然后慢悠悠地往回走。

2
黎冬枝也算是没有辜负老爸对自己的了解,转眼就把成绩这事忘了个干净。

该吃吃,该喝喝,玩得不知道东南西北。

大热天捧着个冰西瓜在家追热播的韩剧《主君的太阳》,一边明明对鬼怪喜剧这样的题材怕得不行,一边又在电话里和唐豆豆讨论苏志燮大叔究竟有多帅。

无聊的时候,她就会跑到蓝蜘蛛网吧里面打发时间。

祝安和可可已经回来了,黎冬枝和前台小哥混熟了之后,老是拿第一次见面的事情挤对他,可可就在一旁帮忙。

在贺朗时常不出现的日子,她俨然一副在这里混得风生水起的模样。

贺朗有一次来的时候,正见着她坐在了前台小哥的位置,趴在前台不知在捣鼓什么东西，不远处几个上网的小青年注意了她半天，她却丝毫不自知。

贺朗黑了脸，站在前台挡住了那些人的视线，皱着眉问："你在这里干什么？"

黎冬枝一抬头看到是他，百无聊赖地说："没看见我忙着嘛。"

网吧里面有空调，虽然空气不太好，但靠近门口的位置还是吹得她有些昏昏欲睡。

祝安经过，看着贺朗不太好的脸色，举手笑着解释："这可不关我的事，小哥请假了，是她自己非要帮忙的。"

黎冬枝对于自己就这样被出卖了的事实只能翻两个白眼。

暑假，能见到贺朗的机会并不多。

而他经常出现的地方，必定会有黎冬枝时常出没。

现在倒好，贺朗不让她进网吧了。

大夏天的，网吧里人也不是很多，贺朗抱着手臂把她堵在门口。她想方设法地往里面跑，每次都被贺朗拽了回来。

"你干吗啊，我又没碍着你。"黎冬枝不满。

贺朗看了看她有些透明的白色衬衣和短裤，皱眉说："以后少来这边晃荡。"

黎冬枝一看他打量的目光就知道他为什么不让她进去了。她偷笑了两声，凑上前说："怎么样，知道我招人稀罕了吧。"

贺朗伸出食指抵住她的额头，表情依然严肃。他说："再高规格的网吧都是鱼龙混杂，你不是说二手烟毒害了你这棵国家幼苗吗，里面乌烟瘴气的你受得了？"

"受得了啊。"黎冬枝拍开他的手，冲着他眨眼，"你在，我有什么受不了的。"

贺朗怔了半晌，说："少嬉皮笑脸的。"

黎冬枝撇嘴，看贺朗的表情，她就知道这件事情没有商量的余地。

暑期过去了一大半，黎冬枝也算听贺朗的，没再往网吧跑。

有次路过酒鬼的超市买冰棍，正和酒鬼说话呢，外边响起了摩托车的声音。

黎冬枝往外面看去，正好看到摘下头盔的贺朗。

他穿一身全黑的衣服，外面还套了件短的黑色皮夹克。

黎冬枝真诚地在心中说了句"帅"，还是忍不住问他："你热吗？"

酒鬼抢先一步从她身边跨过去了，围着贺朗的车绕了一圈，笑着说："这款我都看中好久了，你什么时候买的？"

"就今天。"他说。

黎冬枝不懂他们这些爱好机车的人，走上前看了两眼，的确是挺帅。

贺朗看着围着车转了半天的黎冬枝，对她会出现在这儿也没表示惊讶。

"要兜风吗？上来。"他跨上车，示意着黎冬枝。

黎冬枝表示怀疑："今天怎么突然对我这么好？"

"顺便试试车。"他说着便把另一个头盔拿出来扔给黎冬枝。

黎冬枝险险接住，掂了掂还挺有分量的头盔，正准备戴上的时候突然顿住。

她问贺朗："你不会无照驾驶吧？那可是犯法的。"

旁边，酒鬼笑了一声说："放心，贺朗还是个遵纪守法的好公民，他不止有摩托车的驾照，汽车的也有。"

黎冬枝这才套上头盔上了车。

贺朗骑得很稳，速度也没有很快，坐在他后面的黎冬枝迎着夏季的风，张开双手，就差来两声尖叫了。

贺朗提醒她："抓稳，别乱动。"

黎冬枝乖乖收回手，抓紧了他身侧的衣服。

半个小时后，他们开出了市区，道路一下子变得宽阔起来。正值下午，路上的车也不是很多，两边群山围绕，风景宜人。饶是黎冬枝再能忍，此刻还是忍不住尖叫了几声。

骑着车的贺朗听到她的声音，扬唇笑了笑。

黎冬枝拍了拍贺朗的肩膀："谢谢你啊，在家蹲了近两个月，都快要发霉了。"

至于她究竟有没有安分地在家待两个月，估计周围的人比她自己更清楚。

贺朗也没反驳她，只是说："黎冬枝，抓紧了，我要加速了。"

因为突如其来的惯性，黎冬枝整个人猛地往前倾，一下子撞上了贺朗的后背。

黎冬枝原本还想着立马撑着坐直，脑海中突然闪过一个念头，她偷偷伸出手圈住了前面人的腰。

在没有收到任何拒绝的信号时，她又偷偷加了点力道。

贺朗低头看了看由一开始的试探，然后直接圈在了自己腰上的手，捏在车把手上的手紧了紧，他依然开得稳稳当当，眸中的情绪越发让人探不见底。

车子在行进了一个多小时后停了下来。

黎冬枝先一步撑着贺朗的肩膀从车上跳了下来，解开头盔扔给他,然后就往公路旁边的山坡跑。

"别乱跑,都是石头。"贺朗提醒。

这个地方黎冬枝没有来过,沿着山坡的一条小路走下去,能看见一个隐蔽的小山谷。

溪水潺潺,清凉幽静。

贺朗锁好车追上她的时候,她已经脱了鞋踩在小溪里了。

清澈见底的水流有粼粼波光,溪水漫过女孩的脚踝,她手上提着鞋,冲走过来的贺朗兴奋地喊:"这里面有鱼啊,就在那儿!"

"在哪儿?"贺朗缓缓走过来。

黎冬枝兴冲冲地说要抓鱼,大半个小时过去,连鱼的尾巴都没有摸到。

太阳悄悄往西边偏移。

黎冬枝终于一脸丧气地上了岸,一下子坐在贺朗旁边,一坐下又猛地站起来,拍了拍裤子抱怨:"你怎么不提醒我一下这石头被晒得这么烫啊?"

原本仰头眯着眼睛没说话的贺朗,在听到她的话之后撑起来,脱下身上的夹克,垫在石头上,说:"行了,坐吧。"

黎冬枝这才又坐下。

贺朗看着她把鞋子扔在旁边,便说:"把鞋穿上,小心石头划脚。"

"等会儿穿,现在又不走路。"

黎冬枝有些乐不思蜀,她原本想问贺朗以前是不是来过这里,却发现他突然捏住了自己的脚,另一只手上拿着她的小白鞋。

黎冬枝吓得把脚往回一缩,连忙说:"我自己穿,自己穿。"

贺朗似笑非笑地掀眼皮看了她一眼,把鞋递给她:"我以为你黎冬枝的人生信条上,是没有'害羞'这两个字的。"

黎冬枝朝他举起鞋子,做出威胁的姿势。

结果贺朗已经先一步拎过另一只鞋,缓缓套在了她的脚上。

黎冬枝的手就那样一直举着,怔怔地看着贺朗。

半晌之后,她摸了摸自己的胸口,心脏要跳出来了怎么办?

"贺朗,你高中毕业之后决定去哪儿上大学啊,本市还是外省?"黎冬枝看着贺朗的发旋缓缓问他。

贺朗拿过她手上的另一只鞋,为她穿好后才说:"不清楚,到时候再说。"

黎冬枝突然凑上前:"一起上大学怎么样?"

"你确定?"贺朗冲着她挑眉。

"确定啊!"黎冬枝无比真诚地点点头,然后又像是突然想起什么,"没能上同一所学校也没有关系啊,在一个城市不就好了。"

贺朗看着她没有说话。

黎冬枝以为他不同意，或者已经有其他的想法了，连忙揪住他的衣袖说："我不挑啊，哪个城市都一样。"

按黎冬枝这个成绩，只要高考时不出意外，全国的知名学府肯定是能进的。

只不过，她自己都无所谓。

贺朗的眼神和沉默，让黎冬枝有些惴惴不安。

隔了半天，他突然捏了捏她的脸，说："你是不是傻？"

3

高三正式开学。

和以往不同，新课程已经不多，各科老师忙着从高一的知识点一遍一遍地从头梳理。一张张试卷像雪花一样不断落下，在每一个学生的桌子上不断堆积。

埋首题海，连课间的打闹都收敛了许多。

一入高三，黎冬枝这种尖子生，俨然成了各科老师的重点培养对象。

而贺朗，异军突起。

高二期末的时候,数学总分 150 分,他考了 138 分,物理总分 120 分,他考了 109 分,这样的成绩还不算惊人,只能算作优秀。

进入高中最后一年,随着复习的内容越来越多,他的物理、数学步步往满分逼近,按单科来算,基本是年级第一。其他科目也是分数一次比一次高。

短短一个学期都不到,黎冬枝好几次去办公室交作业,都听到老师提起他。

尤其是教物理的金老师,各种给他开小灶。

贺朗的神话不仅让老师刮目,还有学校的学生。

有一次,黎冬枝站在教室门口的时候,发现有两个女生霸占了她的位置,竟是让贺朗给她们讲题的。

而且,她们都不是他们三班的。

唐豆豆跟在她后面,看了看那个场景"啧啧"两声,拍着黎冬枝的肩膀说:"冬枝啊,不要气馁。正所谓'道阻且长,行则将至'嘛。"

黎冬枝:"……"

贺朗成功逆袭,变成"好学生",所以以前那些还暗搓搓关注他的人,现在都明目张胆地借着请教的名义找上门来。

黎冬枝的心情有点复杂。

她走到自己的位置前,才发现这些人哪是来请教题目的啊,分明是来告白的。

而且,还是很明目张胆的那种。

其中一个女生说:"贺朗,你还记得我吗?上次在校外你还和我哥一起打过篮球。"

这女生应该是高二学妹,旁边的女生应该是陪她一起来的。

更夸张的是,这学妹竟化了妆,还穿了条小短裙。

座位上,贺朗正低头看着手机,头也没抬。黎冬枝憋着笑,一年多以来,她算是非常清楚贺朗处理这种事情的态度,如果他不打算理,基本就是视而不见。

黎冬枝上前提醒:"不好意思,同学,要上课了,这是我的位置。"

学妹估计是被贺朗的态度伤到了,瞪了黎冬枝一眼,气冲冲地说:"拽什么拽啊,你的座位怎么了?很了不起吗?"

黎冬枝无辜躺枪,脸色也不是很好。

唐豆豆立马站了出来,走到黎冬枝旁边。

见这阵势,学妹立马火了,伸手就要推黎冬枝。

突然,贺朗站了起来。

"出去。"他声音不大,脸色却明显不好。

黎冬枝吓了一跳。

学妹也一下子就愣住了,伸出去的手就晾在那里。陪她来的同伴拉了她一把,她才反应过来,捂着脸冲出了三班的教室。

这边动静虽然不是很大,却还是引起了一些同学的围观。

班长刘浩站起来,说:"行了,都坐好,打铃了。"

黎冬枝这才拉开自己的椅子坐下。

她抽出一本书挡住脸,偷偷瞄了一眼旁边的贺朗。

贺朗明明低着头,却像在后脑勺也长了眼睛似的,突然说:"想说什么就说,别偷偷摸摸的。"

黎冬枝干咳了一声,放下手中的书。

"刚刚那女生你认识?"她问。

"不认识。"他说。

"真的?"

"假的。"

黎冬枝无语。

淮岭是重点高中,学习氛围更是紧张。

没一会儿,教室里就安静了。成绩好的都在学习,中上游的也想趁着最后的时间努力一把,而那些早早就放弃了的,要么睡觉,要么干脆直接不来。

在黎冬枝又一次陷入一道数学大题,而贺朗轻松解决的时候,她开始相信酒鬼所说的他是个天才的话。

也没见他死读书啊!

"你是不是左脑特别发达啊?"黎冬枝撑着脑袋偏头问他。

"嗯,比你发达。"贺朗敷衍了一句,把解题步骤扔给她。

这样的贺朗,能噎死黎冬枝。

一模定在一月底。

考试的前一周,上晚自习的教室安静得只剩下笔尖在纸上的沙沙声,因为冷,封闭了玻璃窗,教室里有些气流不通的憋闷感。

黎冬枝这几天突击复习,睡眠不太好,连周遭的事情都很少关注了,等从许伟华口中知道贺朗居然应金老师的要求要去参加物理竞赛的消息时,她才发现自己的后知后觉。

下课的时候,她问:"怎么想起参加这个?"

贺朗收拾着书包:"老金说高考有加分项,所以试试,反正没坏处。"

黎冬枝惊讶于他的积极。

竞赛这种事情原本就是针对学有余力的学生,需要耗费大量精力。

她皱起眉:"来得及吗,马上就要一模了。"

"走吧。"贺朗已经收拾好了,"没什么关系,只是预赛而已,都是试卷题。"

出教学楼的时候,两人碰到了老吴。

老吴最近采取了紧迫盯人的方法,常常能在教室的后门或玻璃窗外见到他那张毫无表情的脸。不过他现在见到贺朗明显很高兴,拍着贺朗的肩头说:"这学期的进步让各科老师都很惊讶,好好备战。"

贺朗平静地点点头。

老吴又把视线转向黎冬枝:"考试马上就到了,千万不能掉以轻心知道吗?"

黎冬枝都快哭了,苦着脸说:"老吴,您这句话已经念叨两个星期了。"

也不知道是不是在老吴手底下待得太久,还是说高三之后老吴变得感性了,她始终觉得他开始往中年男人的唆阶段发展。

告别的时候,老吴突然叫住他俩。

他狐疑地问:"你们俩……"

"我们俩就是碰巧撞上,没有约在一起!"黎冬枝立马接话。

老吴愣了半天说:"我是问你们俩是不是出去吃宵夜?"

黎冬枝:"……"

旁边的贺朗笑了,教学楼下的灯光阴影里,他把手捏成拳放在了嘴边掩饰。

黎冬枝没好气地说:"有什么好笑的?"

贺朗拍了拍她的背示意该走了。走了两步,他说:"你刚刚是做贼心虚?"

黎冬枝回头瞪他。

"你怎么这么烦?"她很不高兴,然后又自己嘀咕,"你倒是让我有做贼心虚的机会啊!"

不知道贺朗有没有听见。

反正,他没有要接话的意思。

4

淮岭的一模试卷是学校自己出的,不是三模那种为了给学生增加信心出的题,这次难度较高。

考试前两天,唐豆豆说要找复习资料,便拉着黎冬枝去了图书馆。

结果,两人遇到了鬼鬼祟祟的许伟华。

"你干吗呢?"黎冬枝拍他的肩膀。

"嘘!"许伟华差点跳起来,压低声音说,"你们小声点,我看我女神呢。"

"女神？"黎冬枝和唐豆豆一脸好奇地看了过去。

嗯，的确是女神。

唐豆豆一脸不敢置信地问："许伟华你胆子够大的啊，那可是高二新来的英语老师，你别这么猥琐行不行？"

"会不会说话！"许伟华急了，"我又没怎么样，欣赏欣赏不行啊。"

黎冬枝在一边捂着肚子笑得不行。

自去年那个学长毕业之后，唐豆豆一直没有找到新目标，到了高三终于决定在学习上狠冲一把。可许伟华恰恰相反，他自暴自弃的路一直走到黑，现在终于把目光从学妹的身上移向了新来的漂亮老师。

这段时间贺朗备战竞赛，一直见不到人。黎冬枝便偷偷给他发了个短信，说许伟华很欣赏高二的漂亮老师。

原本以为不可能理会她这么无聊的行为的人，居然回得很快。他说："我知道。"

黎冬枝看到屏幕亮起来的瞬间，欣喜异常。

来了兴致，她再也不理会旁边正吵架的唐豆豆和许伟华，继续和贺朗发短信。

"你怎么知道的？"她问。

"他自己说的。"他回。

许伟华这个大嘴巴呀,真是唯恐天下不乱,这种事还宣扬。

她扬起嘴角,继续问:"你见过这个老师?那你觉得她漂亮吗?"

"漂亮。"

瞪着很快闪现在屏幕上的两个字,黎冬枝僵住了。

她在心里暗暗地骂了一句——流氓再怎么变,终究还是个流氓!

另一边,贺朗低着头靠在墙上,看着手机半天没有动静之后突然笑了一下。

金老师走过来把资料递给他:"什么事这么开心?"

"没什么?"他接过那沓资料。

金老师也没有追问,只是很赞赏地看着他:"你几年前的成绩单我看过,天分很高!你现在既然有心,我相信竞赛你一定可以考得很好,不要浪费了这样的机会。"

贺朗点了点头。

分别的时候,金老师突然叫住他,笑着问了一句:"老吴之前一直跟我念叨说你是个很可惜的学生,现在我知道他是对的。我能问问,你突然……"

"突然改邪归正的原因?"贺朗替他问了一句。

金老师顿了顿,笑了。

贺朗扬起嘴角,挥了挥手上的手机,说:"因为这个。"

金老师愣了,半天才反应过来他刚刚应该是在和人发消息,最终了然地点点头,骂了他一句:"臭小子!"

贺朗的预赛过得很顺利。

随之而来的是高三的一模考试。

一模和二模的难度基本就是按照往年的高考试卷来拟的,只是加大了难度。

大家严阵以待。

黎冬枝倒不是特别紧张,她从小对待考试向来如此。

只是,上学期的期末考试考砸了,加上贺朗这学期的神速进步,她不得不提醒自己一定要全力以赴。

第一天的考试很正常地进行。

第二天上午考数学的时候,刚过半,隔壁的考场突然发生了骚乱,有学生跑了出来。

同学们都抻长了脖子往外看,被两个监考老师喝止了。

黎冬枝正要提笔继续写,突然听到了走廊外传来一声大喝,只有一句:"快点让开!"紧接着就是一阵凌乱的下楼梯的声音。

说话的人黎冬枝不可能听错,是贺朗。

瞬间,她什么心情都没了,坐立不安。

过了一会儿,黎冬枝翻了翻卷子,大题已经全部答完了,前面的也做了一部分。看了看还在门口的监考老师,黎冬枝举起手说:"老师,我肚子疼,要去厕所。"

监考老师看了看她,见她捂着肚子的样子考虑了一下,说:"这要是在高考考场上哪允许这么多毛病,去吧,快点啊。"

"好的,好的。"黎冬点头,弯着腰跑了出去。

她冲下楼梯的时候,整个校园里显得异常安静,寒风刮在脸上有些刺痛。她抓住了一个急匆匆跑回来的学生问:"刚刚那些下楼的人去哪儿了?"

那人往后一指:"医务室。"

医务室?黎冬枝拔腿就要往那边跑,那个男生拽住她:"你不考试了?"

"我很快回来。"

黎冬枝气喘吁吁冲到医务室的时候,那里已经乱成一团。

她一眼就看到了靠在门边沉默的贺朗。

"什么情况?"黎冬枝冲过去问。

看到她的瞬间,贺朗皱起眉,问了一句:"你怎么来了?"

"我考试的时候听到你的声音,是不是出什么事了?"黎冬枝环顾了一下周围,里面的人不少,都很慌乱。

"是八班的朱 。"

听到这个名字,黎冬枝愣了,在贺朗还没有转来淮岭,没分文理班之前她和朱 是同班。

有一次上课,朱 晕倒了,大家才知道他的脑部动过手术,据说是肿瘤。

朱 是一个很文静的男生,后来学校还给他组织过捐款,分班之后黎冬枝很少听到他的消息,只知道他好像是半休学的状态。

"现在是什么情况?"黎冬枝连忙问。

"应该是病情复发,已经叫救护车了。"贺朗说。

黎冬枝半天都没有反应过来,远在高一的时候同学间就讨论过,朱 的这个病有很高的复发率和死亡率。

她的心"咯噔"一下,像是那年夏天,那一瞬间面对生命这个话题的慌乱感再一次席卷而来。

贺朗伸手搭在黎冬枝的肩膀上,看着她的眼睛问:"脸色怎么这么难看?"

黎冬枝摇了摇头:"可能刚刚跑得急了些。"

救护车来得比预想当中要快,呼啸的声音,给高三的这个一模测试添上了一丝沉重的色彩。高三上半学期的这个冬天,似乎越发寒冷了。

黎冬枝有些愣神,贺朗叫了她好几声。

"怎么了?"她问。

贺朗看了看手腕上的表,说:"你提前交卷了?考试还剩半个小时。"

黎冬枝暗叫了一声"糟糕"。

贺朗大约也猜到了她是偷溜出来的,表情一下子变得很严肃,他一把拽着黎冬枝的手腕就往回跑,边跑边说:"你有没有脑子?你以为一模跟平常测试一样?"

黎冬枝被他带着,脚步凌乱。她说:"我哪管得了那么多啊,我还以为是你出了什么事。"

两人快速穿过校园的林荫路,穿过教学楼,贺朗始终没有放开黎冬枝的手。

他问她:"你试题做了多少?"

"一大半。"

"有把握做完吗?还有二十多分钟。"

"应该可以,检查估计是来不及了。"

贺朗点点头。

谈话间,两人已经跑到了考试的那栋教学楼前,黎冬枝喘得厉害。

贺朗放开她说:"行了,快点上去。"

黎冬枝一把拽住他的衣袖,问:"你要回去吗?朱 他……"

"不回去了。"贺朗摇头,"我们现在就算待在那里什么也做不了,一切相信医生吧。"

黎冬枝点了点头,转身的时候听见贺朗说了一句"加油"。

她回头看着他,认真地"嗯"了一声。

5

一模顺利结束,八班朱 考试的时候被送上救护车也闹得全校皆知。

刚考完,黎冬枝就被老吴叫到了办公室。

正值下午,办公室里除了老吴还有好几个任课老师,大家都停下了手头的工作,看着黎冬枝挨训。

"你自己交代吧。"老吴摆出一副坦白从宽抗拒从严的姿态。

黎冬枝低头装傻:"交代什么?"

老吴气得一巴掌拍在办公桌上,吓了黎冬枝一跳。

非常喜欢黎冬枝的英语老师方姿打圆场:"吴老师,有话就认真和她说,发这么大火干什么?"

旁边几个老师纷纷附和。

老吴指着黎冬枝,来回走了两步半天没憋出一句话。

黎冬枝猜到是因为考试的时候自己偷溜出去的事情,不过第一次把老吴气成这样,她反而什么也不敢说了。

"黎冬枝,我是不是管不了你?你说,我是不是管不了你了?"

黎冬枝咬咬唇,偷偷抬头瞄了老吴一眼,正好对上他瞪着自己的眼神,就又连忙低下头。

"不是。"她小声说。

老吴说:"你以为现在还是高一吗?你高三了!还有一个学期就要高考,你看看你现在是什么学习态度,考试你都敢溜!"

黎冬枝抬头解释:"我是因为听到外面……"

"听到外面什么?事情发生在你们考场吗?那么多学生为什么就你偏偏坐不住,就你好奇心那么强呢?黎冬枝,你不要以为自己成绩好就可以松懈,觉得不就是个一模,有什么大不了的……"

黎冬枝泄气,觉得没法解释,由着老吴唾沫横飞地教训。

她没办法解释自己一定要跑出去的原因,也不可能告诉老吴她把这次测试看得挺重要的,还用尽最后的时间努力地答完了题。

黎冬枝耷拉着脑袋,一副没精打采的样子。

这时,办公室的门被敲响了。

走进来的,是贺朗。

贺朗一进来就看到了低着头，被训得有些可怜的黎冬枝。见她居然还敢偷偷歪着头看自己，他又有些好笑。

他一声不吭地把带来的测试卷放到了金老师的办公桌上。

老吴见着有学生进来，也不好再教训黎冬枝。

他说："这件事情先压下，等你一模成绩出来了再说，你先回去吧。"

黎冬枝总算松了口气，走的时候偷偷冲贺朗龇了龇牙。

贺朗轻轻咳了一声，示意她收敛一些。

等黎冬枝出了办公室，老吴才脸色不好地问了贺朗一句："你这个时候跑过来干什么？心疼啊？"

"嗯。"贺朗应了，没有一丝停顿。

这下何止老吴啊，办公室里的几个老师全都盯着他。

金老师最先回过神，拿过桌上的卷子对老吴说："是我让贺朗把新做的这张卷子拿上来给我改的。"说完还冲贺朗使了个眼色——别这么没轻没重的。

金老师在学生面前看着严肃，实际上对这些事向来都抱着理解的态度。

贺朗笑了一下，转头看着黑脸的老吴。

老吴敲了敲桌子，背着手看了他一阵，突然说："你跟我出来。"

教师办公楼顶层的走廊里，老吴也没有像在办公室一样端着，只是脸色依然不太好就是了。

面对还悠闲地撑在栏杆上的贺朗，老吴瞪他一眼说："你老实告诉我，你和黎冬枝是不是谈恋爱了？"

贺朗回："没有的事，她还什么都不知道呢。"

"最好是！"老吴看他也不像是说的假话，但还是提醒两句，"我可提醒你，最后这半年的时间究竟有多重要，你我是管不了了，可是黎冬枝不行。最后的时间，可千万不能出什么幺蛾子，这关乎你们每一个人的未来，知道吗？"

"我有分寸。"贺朗说。

Chapter7

/ 给你一个正大光明行使自己女朋友的权利，你要答应吗？ /

1

黎冬枝的一模成绩还算理想，总分 658。

这个成绩照老吴期望的什么清华北大的分数线来说还是危险，就算她这次的数学成绩没有丢掉那十几分，也只堪堪触及录取线。

黎冬枝表现得很平常。

考试后，几个熟悉的人聚会的时候，她一边从红红的火锅里捞牛肉，一边说："我无所谓啊，北京那么远，我不一定非得去上嘛。"

许伟华坐在对面嬉笑着:"这么高的目标也就你还能想想,我爸说了,我要是考不上就和他一起去街上卖馄饨。"

坐在左边的唐豆豆"喊"了一声。

隔着蒸腾的热气,都能看出黎冬枝被辣得通红的脸。角落里的贺朗不动声色地换下了她手边的饮料,倒了一杯苦荞茶放在边上。

许伟华还在抱怨:"好不容易放寒假了,还得补课,真是苦命啊。"

这次的补课黎冬枝没有和班上的人一起,学校临时组建了一个二十多人的突击训练班,都是全年级的尖子生。

黎冬枝突然朝贺朗那边偏过去,小声问他:"寒假你是去网吧待着,还是和班上的人一起补课啊?"

"补课。"贺朗说。

黎冬枝弯了弯眼睛:"那补完课一起走啊?"

贺朗看了她一眼提醒:"首先我们回家方向不同,你又没和我在一个班补课,而且你们那个补课时长平均比我们更久。"

"那你到底要不要等我?"黎冬枝说这话的时候已经饱含威胁的意思了,仿佛贺朗要是说一句不,她就会凑过来咬他一口。

贺朗靠在椅子上,淡淡地说:"不要。"

黎冬枝瞪了他半天,深吸了两口气,端过旁边的茶杯猛灌了一口。

　　补课并没有比上课轻松多少，黎冬枝他们那个补课的教室在一楼的最角落，二十几张桌子比起几十个人的班级显得异常空荡。
　　老师都是挑难点讲，下面的学生忙着埋头听。
　　黎冬枝听讲的同时还有心情不时往窗外看两眼，光秃秃的枝丫有几分冬日的萧索。下午两点的时候，她在想，贺朗他们应该已经放学了。
　　顿时，她有几分气馁，郁闷中又强迫自己把心思拉回到课上来。
　　等到黎冬枝补完课的时候，已将近下午五点。
　　她收拾着包，前排的男生突然转过头来，笑嘻嘻地说："黎冬枝，一起走啊。"
　　"你认识我？"黎冬枝问。
　　男生点点头，说："我五班的，和纪东林在一起的时候见过你好几次，可惜那小子一声不吭地就跑国外去了。"
　　黎冬枝露出恍然大悟的表情，呵呵笑了两声："难怪看你眼熟。"

　　两人并排着走出教室。
　　说到纪东林，黎冬枝才恍然发现他已经离开一年了。他们时常邮件联系，都是说一些无关痛痒的生活琐事，或者像以前一样互相埋怨似的开玩笑。

走了还没两步,黎冬枝突然顿住。

"走啊,站着干吗?"旁边的男生奇怪地问她。

黎冬枝看着不远处靠在墙上的身影突然笑了起来,冲着边上的人说:"你先走吧,我有点事,明天见。"

"明天见。"男生奇怪地看着她快速朝远处的人跑过去,刚好对上贺朗看过来的视线,他心下一跳,怎么感觉对方目光不善呢?

"你不是说不等我吗?"黎冬枝站在贺朗身边,仰着头笑着问他。

"谁说我在等你,是老吴今天找我有事。"贺朗说完这话的时候已经站直身体,把手上的背包甩到肩上,率先走在了前面。

"没等就没等嘛,一起走啊,你慢点!"

黎冬枝很快追上他。

因为是补习下课较早,两人都没有骑车来学校,他们并排走出校门的时候,阴沉的天空居然洋洋洒洒地下起了小雨。

黎冬枝看了看身侧走得一派神闲的人,突然往旁边靠过去抓住他的袖子说:"快走快走,等下雨就要下大了。"

原本就暗藏心思的她,扯着贺朗的袖子就没有松手。

结果还没有来得及跑几步,手却突然被人反手握住。即使是这样的寒冷天气,贺朗的手依然很温暖,握住黎冬枝的时候,能够包裹住她的整只手掌。

他们加快步伐,到了分岔路口,贺朗却自顾自地带着她走上了通往她家的那条路。

直到走到黎冬枝家门口,雨也没有下得很大。

站定后,黎冬枝看了看贺朗留得比去年还稍微长一些的黑发上,密密麻麻的小水珠像是给他染了一层白发。

"低头。"她说。

"做什么?"贺朗虽然疑惑,但还是听话地弯下了腰。

黎冬枝伸手在他浓密的头发上轻轻拍了拍,确认看起来不再像是一头白发之后才停了手。

贺朗直起腰,看着她不说话,看得她"呃"了两声才尴尬地闪躲他的视线。

她呼了两口气,问他:"那个……你知道朱 现在怎么样了吗?"

"具体情况不清楚,好像又要做一次手术。"

黎冬枝用鞋子在地上来回踢了两下,垂着头"嗯"了一声。

说到这个话题,气氛一下子变得沉重起来。黎冬枝看了看越发阴沉的天,说:"你快回去吧,外面很冷。"边说她边在原地蹦了两下。

贺朗看了看她，说："明天多穿一点。"

"啊？"黎冬枝一时半会儿没有反应过来。

"你从教室出来一路抖到现在，还没有被冻够？"

黎冬枝这下懂了，脸顿时就有点红。她开始后悔今早出门的时候，没有听她妈的话把秋裤穿上，不知道她这一路上缩着脖子哆嗦的样子，是不是特别没有形象……

她逃也似的说了一句："我先进去了。"

不等贺朗说话就先一步拉开了楼下的铁门，正要进去又突然停下，她转头看着还在原地的贺朗说："那……明天见。"

"嗯。"

2

黎冬枝所在的那个特殊班的补习时间比普通班要多一周的时间。

就在她以为贺朗不会再来学校的时候，贺朗却突然被补习老师带到了这个教室。

补习老师说："这是吴斌老师突然推荐过来的学生，他在物理、数学等科目上的成绩非常出彩，相信大家都认识，你们也可以向他请教一下怎么在短期之内迅速提高成绩的方法。"

黎冬枝愣着,在听到最后一句话时迅速清醒,还在心里吐槽了一句,他哪有什么方法啊,他本质上就是个学霸的大脑好吗?

贺朗在年级里一直是名人,以前的标签是"混混""学渣""土霸主",自上了高三,就变成了"好学生"。他从交白卷的倒数第一逆袭到能保持在年级前五十名,又蹿红一把。

二十几个人的教室里,所有女生或大胆或羞涩地关注着他。

补习老师说:"在这里,大家水平相当,你随便选个位置坐吧。"

贺朗在教室里扫视了一圈,径直往最后一排黎冬枝的位置走去。

黎冬枝看他两手空空,好奇地问:"你怎么来了?"

"在校门口遇到了老吴。"

黎冬枝一想到老吴现在那越发能念叨人的本事就一阵恶寒,想想贺朗在校门口被老吴逮着一通教训的画面又觉得很好笑。

"老吴让你来就来,你什么时候变得这么听话了?"黎冬枝问。

贺朗看了她一眼说:"我大概是……闲得没事做。"

时间过得远比想象中要快。

等到高三三班的教室黑板右上角写着"距离高考倒计时还剩112天"的时候,老吴焦躁得头发都多白了几根。

各科老师开始各种炒冷饭，翻来覆去，一遍又一遍。

各省以往的高考卷子做了一张又一张，被这样惨虐了两个月的学生基本上都蔫得差不多了，一到下课时间，班上就躺倒了一片。

唐豆豆转身趴在黎冬枝的桌子上抱怨："这样的题海战术后遗症实在可怕，我现在一看到卷子就想吐怎么办？"

黎冬枝也很想吐，但她看了看旁边空空的桌子，就又抽出了一套新的卷子开始答题。

唐豆豆也往旁边瞟了两眼："你说也不知道贺朗这竞赛究竟怎么样了？就老金这两个月倾注在他身上的精力，明显是奔着第一去的。"

黎冬枝用笔敲了敲桌子："豆豆小姐，你就别八卦了，你的卷子写完了吗？错题整理了吗？你还有心情关心别人？"

唐豆豆那表情简直像要吃了她。

黎冬枝难得在越发紧张的学习氛围里找回一丝往日打闹的轻松，这两个月贺朗需要准备复赛，明显比之前更忙，有时连下自习后都很难撞到一起。

她想了想，从课桌里拿出手机给贺朗发了条短信。

"加油！"

等到贺朗竞赛结束的时候，黑板右上角的天数变成了"61"。

已是四月份了,正是枝芽抽展、鲜花盛放的时节。

老吴比贺朗先一步进了教室,拿着课本还挺镇定的样子。他敲了敲讲台,说:"大家都打起精神来,我现在宣布一个消息。我们班的贺朗——不仅拿了物理竞赛第一名,还被直接保送去了北京××大学,已经下达了通知!"

班上一下子就沸腾了。

羡慕的、惊叹的、嫉妒的,都有。谁能想到当初转来淮岭吊车尾的人,会直接一步登顶。

这个消息无异于一记重锤,砸在了高三这帮已经被磨得像一潭死水一样的学生的心头,激起了新一轮自我折磨的狂潮。

贺朗从校领导办公室回到教室的时候,已经下课了。

他和笑容满面的老吴打了照面后,就被一帮熟悉的男生围了起来,等到他一一应付完回到座位上的时候,正好对上黎冬枝笑意盈满的脸。

"这么开心?"他挑着眉问她。

"自然。"黎冬枝扬着嘴角,"我原本还以为你应该是可以拿到高考加分项的,超常发挥呀。"

贺朗状似顺手拍了拍黎冬枝的脑袋,笑了一下说:"得多亏了你教导有方啊。"

"那是。"黎冬枝得意地赏了他一个自己体会的眼神。

许伟华不知从哪里窜出来，拖着椅子坐过来，敲着桌子喊："哥，请吃饭啊。"

"嗯。"贺朗淡淡地点头。

许伟华一个劲地兴奋着，边掏手机边嘀咕："我要把这个消息告诉酒鬼，那孙子要是知道你居然被保送脸色一定很精彩，哈哈哈……"

黎冬枝很同情地看着他。

一直把贺朗定位"少年天才"的人就是酒鬼，听到这个消息，酒鬼怎么可能吃惊呢？只是为什么许伟华明明和他们一起长大，但他似乎从头到尾都将贺朗划作和他一样的学渣圈里，她实在不能理解。

果然，没有两分钟他就一脸不敢置信地抬起头说："为什么酒鬼这么淡定？"

"他说什么了？"黎冬枝好奇地问。

"他说，哦。"

黎冬枝差点笑疯。

贺朗被保送之后留下的阴影，在黎冬枝身上表现得尤为明显。

这一点，也是当事人贺朗的感受最直接，以前不管有多少试卷和作业，不管老师讲得有多么精彩绝伦，她总是能找着间隙瞄他的反应。

最近，这种情况却明显变少。

她的复习计划排得更满，不是在做题，就是在做题的路上。

对此，老吴甚是欣慰。

有一天，在家里吃饭，孔女士突然放下碗筷，用胳膊肘杵了杵认真吃饭的黎建刚同志："老黎，你看看你闺女最近是不是瘦得太厉害了，我怎么看着连下巴都尖了。"

黎建刚也放下筷子打量了黎冬枝半天，连连点头："是，的确是瘦了。"

黎冬枝被他们两个打量得浑身不自在，随口说："这不是快要高考了嘛，最近复习任务重。"

"难得见你有这么上心的时候。"孔女士夹了一块肉放在她碗里，"但也要注意休息，你看看你自己的黑眼圈，都快成大熊猫了。"

黎冬枝摸了摸自己的脸，第一反应是去卫生间照镜子。

她已经蓬头垢面到不能见人了吗？那可不行，贺朗那家伙虽然保送了，可他依然还在学校上课呢，形象对她来说还是很重要的。

周五下午，在黎冬枝又埋头做了一天的试卷后，贺朗突然把她拉到了操场。

看着难得空荡的篮球场，黎冬枝问他："带我来这里干什么呀？"

"要试试吗？"他穿着便服，托着篮球靠在篮球架下问她。

"我哪有心情试这个呀，还有两套试卷没有做呢。"黎冬枝显得有些心不在焉，离高考已经没剩下多少天了，时间都是以分秒计算的。

贺朗走到她旁边的石阶上坐下："你最近绷得太紧了，你自己没有发现吗？"

"知道啊。"她点头。

"你很紧张？"

"拜托，高考哎，不紧张才叫奇怪吧。"聊了几句，黎冬枝放松了神经。她看了看身边的贺朗，突然发现他在保送通知下达之后，和之前没什么变化。

所有课依然照常进行，她在做题的时候他也没有停下。

她想到什么，偏头问他："你都用不着高考了，是不是不用待在学校啊？"

"看不到我你很开心？"他挑眉。

黎冬枝连忙摇头。

她伸长双腿，手撑在后面的石阶上，偏着头能看见贺朗挺直的鼻梁和下颔的弧度，发梢在眉眼上留下细碎的光影。

"贺朗，我要是考不上你的学校怎么办？"她突然说了这么一句。

事实上，自贺朗的保送消息传来之后，黎冬枝突然有了目标和压力。她不再像以前一样，觉得去哪里都无所谓，她想和他上同一所大学，这个目标是如此迫切和坚定。

前不久下来的二模成绩，679分。

可她心里却非常没有底，她查过，那所大学的录取分数线每年都在提高，万一高考临时出了状况，万一她的总分不增反减，万一⋯⋯

"谁跟你说我要去的？"贺朗突然说。

黎冬枝怎么也没有想到是这样一个回答，她紧张得一下子坐直了身体，问："为什么不去？"

贺朗看了她一眼："不是不去，而是不一定非得去。所以，你不用那么紧张。"

黎冬枝眨了眨眼睛，半天才反应过来他这是为了让她放松下来。

她眼睛里晶晶亮，举起手说："不，我黎冬枝是谁啊，我一定能考上的！"

贺朗笑："嗯，你可以。"

那天下午，黎冬枝坐在石阶上看着贺朗打了半个多小时的球，少年高高跃起的身姿如矫健的雄鹰，少年肆意挥洒的汗水化作星辰点点……

贺朗原地起跳，一个标准的投篮动作，"哐"一声，球进了。

他停下来朝她招手："过来。"

"做什么？"黎冬枝站起身，朝他走去。

他捡起篮球扔给她，指着篮筐说："不要求你规范动作，只要你能进十个球，我就告诉你一个秘密。"

黎冬枝被这个诱饵激发了斗志，二话不说地拿过球就朝篮筐扔去，结果连球架子都没有碰着就落地了。

她尴尬地哈哈两声，对着贺朗说："我决定为我曾经想要参加篮球赛的事情，做深刻检讨。"

贺朗似笑非笑地看了她一眼，往旁边退了两步示意她继续。

最终，黎冬枝都没有进到十个球，误打误撞扔进去五个之后就累得不行了。

她泄气地坐回贺朗的旁边，说："这个太难了，你不能直接告诉我秘密吗？"

"不能。"

"小气鬼。"

……

黎冬枝累得够呛，加上近段时间学习上的巨大压力，坐下没两分钟头就一点一点的，很想睡觉。

贺朗有些好笑和心疼，左手轻轻地扶着女孩子的头让她靠在自己的肩上。

黎冬枝脑子里一团糨糊，蹭了蹭，不死心地咕哝："到底什么秘密啊？"没半分钟，就彻底睡过去。

贺朗偏头看了她半晌，垂眸笑了笑轻声说："哪有什么秘密，不过现在我倒是不介意现场制造一个。"

说完，他毫不迟疑地低头，吻在靠着他肩窝熟睡的女孩的发顶。

3

黑板右上角的数字从两位数变成个位数，仿佛只是眨眼之间。六月，悄无声息地到了。

连一向心态极好的黎家父母都开始有点不正常，这一切体现在了日常的叮嘱和伙食上，每天黎冬枝都被各种炖品喂得红光满面。

考试的前两天，各科老师也都不再复习，主要是让学生放松一下，好好备战高考。

那天是老吴的最后一堂数学课，他什么也没讲，就让他们上自习。

班上一刻也没有安静过，躁动得厉害，老吴也不管。

许伟华声音有点大，在后面跟人说："原来高考选在六月的七八号，还有'录取吧'的寓意。"

突然，一直沉默的老吴在讲台上抬头看了他一眼，笑着接了一句："你现在才知道，是不是还觉得挺光荣的？"

全班都笑了起来。

许伟华的厚脸皮难得红了一回，挠了挠头说："你们都知道吗？"

有人笑得差点捶桌子。

这样的气氛带动了整个班级，像是高考前的放松，也像是发泄。有人怅然地想到，那些肆无忌惮的时光仿佛真的走到了尽头。

这样的淡淡愁绪，伴随着高考的正式来临。

老吴重复着已经说过无数遍的话："明天你们就要上战场了，坚持住，好好发挥！明天一早记得先到我这里领准考证，你们的2B铅笔、身份证千万不能忘记带，年年都有些丢三落四的。记得不要吃凉的东西……"

这天晚上,黎冬枝虽然也紧张,却睡得出奇地好,一觉到天亮。

七号的清晨,天气清爽和煦。

黎冬枝被她妈千叮咛万嘱咐地送出门,转角就看到了骑着自行车等在路口的贺朗。

"你怎么在这儿?"黎冬枝好奇地问。

"上来。"他说。

黎冬枝二话没说就直接上了他的自行车后座,一路无话。

校门口聚集了很多人,大多是来送考的家长。

贺朗停好车和她一起进去。

老远就看到站在指定地点的老吴在对一个个考生招手,看到和黎冬枝一起来的贺朗也没有觉得奇怪。

老吴把准考证递给黎冬枝:"黎冬枝,有没有信心?"

黎冬枝被老吴的情绪感染,居然有种悲壮的错觉。

她条件反射地去看贺朗,对上他如墨的眼睛之后突然平静下来,对老吴点头说:"有。"

"那就好,那就好。"老吴连连点头。

等到老吴去接应其他学生之后,黎冬枝才小声地对贺朗说:"我怎么感觉老吴比我们都还要紧张呢？"

贺朗看了一眼老吴的背影说："老吴压力远比我们想象的要大，之前还见着他在药店买药，表面上没什么，这两天估计着急上火得很严重。"

黎冬枝深吸一口气。

"紧张吗？"贺朗问。

她老老实实地点头"嗯"了一声。

周围的环境很嘈杂，各种纷乱的声音传进耳朵。有人忘了带身份证急得哭起来，也有老师找不见人大声呼喊的声音，更多的是在这最后一刻像贺朗告诉黎冬枝这样，告诉要上考场的人说："不用紧张，正常发挥就行。"

考试时间很快就到了，随着铃声一响，身边的人都安静下来。

黎冬枝突然很平静。

大多数事情就是这样，一旦到了眼前反而比什么时候都镇定。她把带来的笔、准考证等东西放到桌角，环视一圈，都是陌生人。

开始吧，成败在此一举。她这样告诉自己。

考场外，贺朗还站在老吴的旁边。

老吴看了看他："你小子在最后一段时间能坚持每天上课倒是

超出我的预料,还以为你今天不会来了。"

"有始有终吧。"贺朗看了看考场的方向。

老吴也朝那个方向看了一眼,了然地说:"黎冬枝最后这段时间的学习状态我也清楚,她决定要报考你那个学校是吗?"

贺朗点头。

老吴说:"把握是有,但风险也高,你知道我在说什么吧?"

贺朗冲老吴笑了一下,没有说话。

黎冬枝能不能考上对他来说原本就不重要,至于他自己,也不是非得上那个学校。高中生涯于他来说,只因为有了黎冬枝的存在,才能称得上是从头再来,遇见风和云彩。

作为最清楚她最后这段时间的付出和努力的人,贺朗对她的信心,应该比她本人和老吴都要大得多。

两天的考试时间,恍惚着就过去了。

黎冬枝完成最后一场考试,放下笔的一瞬间,仿佛周遭的一切才回到她的感官里。

她看到了讲台上整理卷子的监考老师,看到了周边欢呼拥抱的同学,听到了走廊上闹哄哄的尖叫。

她快速收拾好东西冲下楼。

校门不远处,她看见了在花坛边等待的贺朗。

她跑过去,贺朗笑着问:"心情挺好?看来考得不错。"

"还行吧。"黎冬枝煞有介事地说。

这时,旁边路过的两个女生看着贺朗小声地议论着:"这不是我们学校保送的那个贺朗吗?都不用高考的人怎么会在这儿啊?"

另一个女生推了她一把,看了看边上的黎冬枝,笑着答:"你管那么多干什么?也许是别人女朋友在学校,人家来陪考的呢?"

黎冬枝:"……"

这时校园广播在上空响起,重复着:"请各位考生回到自己的教室参加班会,听从班主任的安排,不要提前离校。"

4

他们两人一前一后进入教室,同学们都已经玩疯了。

不少人拿着一摞摞卷子往天上抛,各种追逐和嬉笑的声音充斥着整个高三部的教学楼。十分钟之后,雪花一样的纸屑飘飘扬扬撒满了教室外的空地。

教导主任都气疯了,冲上来吼了半天也不知道到底该先管哪个班。

黎冬枝也有一种终于解脱了的轻松感。

唐豆豆没有考好,似快哭出来了:"怎么办……我数学的最后一道大题都没来得及做,怎么办?"

"那有什么!"前一刻还和人对骂的许伟华凑过来,"我数学后面的大题一道都没有做都没你这么苦大仇深的,现在说什么都来不及了,及时行乐知不知道?"

唐豆豆:"……"

讲台上,老吴动情地演讲着。

大概是因为这是最后一次坐在高中的教室里上课,每一个人都很认真,有人留恋地四处打量,有人偷偷地抹起了眼泪。

晚上,又应老吴的号召,班长刘浩在一家饭馆订了位置,当最后的聚会。

老吴很感慨,红着眼站起来发言:"这三年时间,我骂过你们罚过你们,但以后你们就是还想这样被人管着也没有机会了。徐江,我还记得你高一的时候和其他班的男生打架把头给磕破了。熊其……张燕……"

老吴一一点名,无论是成绩好的,还是成绩差的,无论是听话的,还是难管教的,大事小事他全都记得。

黎冬枝也被点名了,说她以前特咋呼,却又特别招各个任课老师的喜欢。

黎冬枝红着眼睛抱怨一句："老吴，您今天是特地来做煽情演讲的吧？"

"就是就是！"大家纷纷抹着眼泪哽咽附和。

老吴笑了，突然指着贺朗说："贺朗，你站起来，我今天要重点说说你。"

坐在黎冬枝边上的贺朗就站了起来。

他比老吴还要高，一副认真接受批评的样子。

老吴说："就你刚转来那会儿的样子，真是让我一个头两个大，同学们都怕你吧？能做到今天这个样子，吴老师要给你鼓个掌。"

老吴一带头，全班掌声雷动。

贺朗面容沉静，看着老吴已经喝红的脸，郑重地说："谢谢您。"

"谢我干啥，这一切都是靠你自己。"老吴说这话的时候还特地瞟了一眼黎冬枝，然后话锋一转，"在座的，你们都是三班的骄傲，是我吴斌的骄傲！"

这个时候不少人已经开始鬼哭狼嚎了。

这样的聚会像是每年的一个固定仪式，老吴借着这个仪式送走了一批又一批的学生。而身在其中的这些学生，终于意识到，青春散场，时光不复，那是一段回不去也借不来的美好记忆和岁月。

疯过，笑过，痛哭过。

之后摆在面前的,就是一份三年来的成果答卷。

黎冬枝在家躺了两个星期,仿佛要把这三年的觉一次性全给补回来。到了高考成绩出来的那个下午,她居然还在睡,还是被手机振动给振醒的。

一看,是贺朗来电。

她迷迷糊糊地接起来:"回来了啊?"那天聚会之后,贺朗就被祝安领着跑了一趟外地,也不知是去干吗,一走就两个星期。

贺朗听她声音,笑了一下说:"还没醒?能查成绩了。"

黎冬枝瞬间从床上蹦了起来。

她三步并作两步跑到电脑桌前坐下,刚开机就听贺朗说:"过两天出来吧,祝安说一起吃饭。"

"好啊。"黎冬枝应了。

就在鼠标的箭头要点进官网的那一瞬间,她突然停顿,咽了咽口水说:"怎么办,我紧张?"

"那我帮你查?"贺朗说。

黎冬枝最后想了一下还是说不要。

她一开始发现居然登不进去,刷新了两遍才终于进去了。就在这短短一分钟都没有的时间里,她发现自己的掌心居然在冒汗。直到屏幕上那个"698"的分数出现在她视野中的时候,她的心才猛地落回原处。

她肩膀松了下来，盘腿坐在凳子上笑着问贺朗："你猜我考了多少？"

"698分。"

"你怎么知道的？"黎冬枝下巴差点掉地上。

贺朗的笑声沿着听筒传了过来，他说："老吴告诉我的。"

"那你还让我自己查？"

"我以为你自己知道可能比我告诉你来得更有惊喜。老吴说了，今年省内的理科状元701分，只比你多了3分，你这成绩上任何学校应该都不是问题。"

黎冬枝还嘻嘻笑了两声："没有拿到理科女状元，老吴是不是特失望？"

"不，他很开心。"

自黎冬枝的成绩出来了之后，家里的电话就没有断过。亲戚朋友们争相来道喜，她在想贺朗当时收到保送通知的时候，境况是不是比这个还要夸张？

不过能和贺朗上同一所大学，想想都有点小兴奋。

唐豆豆打来电话，说她上了二本线，至于许伟华，勉强能够上二专线。

"你现在兴奋了吧？"唐豆豆揶揄。

"没错。"黎冬枝还没有从兴奋中回神，扑到床上滚了两圈，"只要能上同一所大学，离拿下贺朗的目标就又近了一点。"

电话的另一端传来喷水的声音。

唐豆豆呛咳了两声才说："你别告诉我，你没有和贺朗在一起啊？"

"本来就没有。"黎冬枝有些莫名。

"我去。"唐豆豆就差拿着喇叭喊了，"全班都在说你们俩在一起了，我还以为是你不好意思跟我说呢？"

黎冬枝被这个重磅炸弹砸得晕晕乎乎，虚弱地问："这种流言究竟是怎么传起来的啊？"

"还能怎么传，高考前两个月你学习贺朗就陪着你学习，你累了他带你出去散心。不说在你瘦得厉害的那段时间，他投喂给你的食物，单就两天高考一直等在外面，恐怕比你爸妈还要上心吧。"

黎冬枝一下哑口无言。

那段时间她一头扎进学习里，就差悬梁刺股了，那些她没有注意到的瞬间和时刻，或者是她习以为常的东西，原来早早落在了别人的眼中。

黎冬枝还是有些迟疑："可……我怎么老觉得他嫌弃我比较多呢？"

"这可说不准。"唐豆豆煞有介事地替她分析，"贺朗本来就不是会无缘无故对一个人好的人。但他那个人，估计没有人能猜得到他到底是怎么想的吧。不过你还是有机会的，毕竟罗晓然那么大阵仗的告白都被他拒绝了。"

"罗晓然什么时候告白的？"

"黎冬枝你别是读书读傻了吧？就考试完的那天啊，她把贺朗堵在门口。而且，这都不是重点好吗！"

黎冬枝扯了扯身下的被子，陷入沉思。

虽说从高二一直到现在，表面上看都是她黎冬枝在贺朗身边转悠得比较多，但要说实质性有多主动也没有过，顶多也就没脸没皮了一点。

她要再主动一些吗？直接告白会被拒绝吗？提出交往他会不会觉得她不够矜持？

黎冬枝纠结了半天，最后索性不想了，走一步看一步吧。

再说，不出意外他们应该会上同一所大学。都已经是在门口的鸭子了，说什么也不可能让他飞走的。

她乐天地想着。

5

饭局是祝安组织的，订了一家火锅店的二楼包厢，黎冬枝围着那条街找了两圈都没有找到那家火锅店。

"到底在哪儿啊?"黎冬枝站在街角给贺朗打电话。

虽是下午五点,但依然非常炎热。脱下了刻板笼统的校服,黎冬枝穿上了成年后的第一双凉高跟,露脐装搭配小短裙显得青春又有活力。

"你在什么地方,我下来接你。"贺朗说。

黎冬枝便说了一下自己的位置。

他说:"等着。"

贺朗在十字街口对面,一眼就看到了站在路牌下的黎冬枝。

她真的太过招眼。

腰线很细,皮肤又白,不少路过的男生都忍不住回头看她两眼,她倒是一点自觉都没有,还自顾自低头玩着手机。

等黎冬枝刷了一遍手机之后,惊喜地发现贺朗居然已经站在她身边了。

而且他今天居然穿了一身白衬衣搭配牛仔裤,衬衣最上面的两颗扣子没扣,袖子也随意挽着。什么衣服穿在他身上都比别人好看几分。

贺朗看了看表:"我已经在你面前站了三分钟了,你还笑?"

"你今天格外帅。"黎冬枝根本没在意他究竟说了什么,毫不掩饰地表达了自己的欣赏。那副样子，估计就差吹两声口哨调戏了。

她第一时间打开相机想要拍两张，却被贺朗伸手挡住了摄像头。

"大街上别玩手机。"他说。

黎冬枝不死心，来回躲了几次，抱怨："拍两张怎么了？我又不会拿着你的照片干什么。"

贺朗怎么可能让她得逞，直接抽走了她的手机。

黎冬枝跟在他的后面过斑马线，好几次想要拿回手机都未果。贺朗回头看她一眼："别跟在后面，小心车，到我旁边来。"

"不要。"黎冬枝看了看天，"太阳这么毒，很容易把我晒黑的，你够高，在前面还能替我挡一下。"

她真的就缩在贺朗斜后方的影子里，像条小尾巴。

总共路程都不到两百米，贺朗摇摇头，自动站到了太阳直射的方向，既能够替她挡住阳光，又能让她站在自己身侧的位置。

进入包厢的时候，人差不多都已经来了。

除了祝安和可可、许伟华和酒鬼之外，还有一个不认识的女生。

祝安最先站起来对黎冬枝说："哟，毕业了就是不一样啊，这么久不见，怎么越看越漂亮？"

黎冬枝叫了一声"安哥"，凑到同样打趣的可可身边，悄悄指了指贺朗和自己问:"怎么样,是不是很搭?"

可可笑着点头,悄悄和她咬耳朵。

那个不认识的女生据可可介绍是酒鬼去超市进货的时候认识的朋友,至于是哪种朋友,还有待考察。

菜还没有上齐,祝安说:"还有人没有到呢。"

话音刚落,包厢的门就被人从外面推开了。黎冬枝顿时就愣了,因为来人不是别人,是何霜。

"大家好久不见。"何霜笑着和一包厢的人打招呼。

她穿着一件湖蓝色的连衣裙,和高中的时候不同,及腰的长发卷成了大波浪,不愧是高中就闻名的大美女,现在看起来越发漂亮。

黎冬枝一直不清楚自己对何霜究竟是什么样的心态,说是情敌吧可能人家都没有把她放在眼里,就像是现在。

何霜和酒鬼、贺朗他们从小就认识,和所有人都能热络地聊上两句,唯独她黎冬枝除外。

她一来,黎冬枝瞬间觉得自己有些格格不入。

何霜笑意盈盈地走到贺朗旁边说:"一年不见,我听你爸爸说了你被保送的消息了,恭喜啊。"

黎冬枝低着头,无聊地用筷子戳着面前的空碗。

她只知道何霜和贺朗熟，还不知道何霜居然和他的家人也很熟。她偏着头去看贺朗，正巧看到他对着何霜点了一下头，问："什么时候回来的？"

"刚回来两天。"何霜说。

祝安转开话题，叫来服务员开饮料，又说："有什么话边吃饭边说，何霜，你就坐在贺朗旁边吧，刚好他那里还有个位置。"

坐在贺朗另一边的黎冬枝移开视线，而听到这话的贺朗往祝安的那个方向看了一眼，祝安立马露出我也是迫不得已的可怜兮兮的表情。

照说都是熟人，这何霜大学暑假回来了，怎么可能不邀请人家。

这个场景怎么看怎么尴尬，连一向不怎么带脑子的许伟华都不说话了，看看这个看看那个，刚想问问酒鬼就被他一个眼神止住了。

贺朗收回和祝安对视的眼神，场面一时无话。

祝安也知道今天的安排似乎不太合适，打开桌上的一瓶啤酒倒在贺朗面前的杯子里，说："等你们都上了大学要聚在一起就不容易了，喝一个吧。"

他相继倒了一圈的酒，到黎冬枝这儿的时候，她刚把酒杯端起来就被贺朗的手按住了。

"她不喝。"贺朗说。

祝安可不管贺朗，转头就对黎冬枝说："别听他的，等你以后上了大学，各种班级聚会、寝室聚会、社团聚会哪一个不得喝一点，先练练。"

"那就上了大学再说。"贺朗直接取走了黎冬枝手上的杯子，放在了他的另一边。

祝安哈哈干笑了两声，拍了拍贺朗的肩膀："管这么严干什么，没劲。"

另一边的何霜突然接话说："安哥，行了，你逗她一个小女生干什么？贺朗从来就看不惯这种你又不是不知道，上初中那会儿……"

聊到以前，周围的人就纷纷接话，饭桌上恢复热闹。

黎冬枝凭借女生的第六感，感受到了来自何霜话里话外的敌意，何霜挑起的话头永远是她插不上话的内容，何霜亮晶晶的眼睛时刻落在贺朗身上，而坐贺朗旁边的她却一直被何霜无视。

"把手机给我。"黎冬枝悄声对贺朗说。

贺朗看她一眼："你要干吗？"

"你管我干什么！"黎冬枝斜了他一眼，心想聊你自己的天去。

"不给。"贺朗淡淡地说。

黎冬枝那心情别提了，她知道刚刚贺朗拿了她的手机就放在了裤兜里。她原本想直接伸手拿的，但伸出魔爪之后才发现这个动作明显不合适，一时愣住。

贺朗淡定地靠在椅子上，见她一副不知道该不该下手的表情，勾了勾嘴角。

他们声音原本不大，之间的互动也是悄悄的，却让周围一圈的人看得面面相觑。

这老鹰逗小鸡的自然画面挺和谐的，只是边上的何霜看着这一幕，表情就僵硬了。

最后，她实在憋不住了，对贺朗说："贺朗，能出来一下吗？我找你有点事。"

贺朗和黎冬枝同时看向何霜，然后贺朗点点头，推开椅子站了起来，在就要出去的时候还是摸出手机还给了黎冬枝，顺便敲了敲她的脑袋说："认真吃饭，不要盯着手机。"

对此，黎冬枝翻了一个大白眼。

见何霜和贺朗的身影双双消失在门外，黎冬枝连忙解锁手机给豆豆发消息："头号劲敌出现，求支着。"

作为死党级的闺蜜，不用说唐豆豆也都知道黎冬枝口中的头号劲敌是谁。

何霜还没有从淮岭毕业的时候，就是很多男生心中的白月光。虽然贺朗曾经说过何霜不是他女朋友，但是何霜对他的喜欢却是不加掩饰的。

唐豆豆回得很快,她说:"寸步不离!"

……

贺朗和何霜并肩站着。

何霜看了看身边高大的男生笑了笑说:"一年不见你变了很多,居然能保送去北京,真让我惊讶。"

"以前我也很难想象。"贺朗说。

何霜咬了咬嘴唇,突然问:"是因为刚刚那个女生吧?一年的大学生活改变了我挺多的,但是贺朗,我听祝安说了,她不是你女朋友不是吗……"

我们不能试一试吗?她想这样问。但还没有说出口,贺朗就说:"很快就是了。"

目前是什么根本就不重要,反正迟早都会是的。

贺朗回到包厢的时候,已经过去半个小时了。

推开门就看到了趴在桌子上的黎冬枝,可可正在旁边和她说着什么。

贺朗皱着眉走上前,然后看到了女孩儿微红的脸。

"怎么回事?"他问。

可可说:"你刚走没多久她就让华子给她倒酒,你也知道华子那人本就是个跟着起哄的,祝安他们拦不住,谁知道几杯啤酒就这样了。"

许伟华酒量也不行,早就倒在椅子上了。

酒鬼和祝安扶起许伟华,祝安对贺朗说:"行了,聚得也差不多了,你快把人家姑娘送回去吧,我看她刚刚可不太高兴。今天我的错,下次约。"

贺朗点点头,走上前拿起椅子上的小挎包,然后把黎冬枝背到背上。

太阳已经落山了,街上行人三三两两。

黎冬枝也没有醉到不省人事的地步,就是有些晕晕乎乎的。她知道背着自己的人是贺朗,就使劲儿用手圈住他的脖子。

她听见贺朗说:"放手。"

"不放!"她越发用力。

"黎冬枝,你再不松开一点我就会被你勒死了。"

听到这话,黎冬枝才勉勉强强松开了一些。

上坡的时候,贺朗背着她往上提了提,女孩儿柔软的身躯伏在他的背上,腿还一晃一晃的,让他有些哭笑不得。

他停下脚步,转过头问背上的人:"不是不让你喝酒吗?为什么还喝?"

"因为贺朗跟着别人跑了。"她说。

"没跑。"贺朗笑了笑继续往前走,"黎冬枝,你以后可以多相信我一点。就算有一天我走在你看不见的地方,那也是因为你忘了回头。"

贺朗背着黎冬枝走了很久。

到了她家楼下的时候,他让她坐在花坛边上,自己蹲在地上,把买来的水拧开递给她,问:"清醒一点没有?你到家了。"

黎冬枝被风吹得清醒了不少,眯着眼睛点点头。

她总感觉在路上的时候贺朗说了什么重要的东西,但是目前脑子一片混乱,什么也想不起来。黎冬枝看着面前有些重影的脸,一下子就想到了他跟着别的女孩子出去那么长时间都没有回来。

她低着头,凑近贺朗的脸轻轻拍了拍说:"你小情人走了?"

贺朗把她的手拽下来,轻声说:"都和你解释过那不是我女朋友。"

"我才不信。"黎冬枝挥开他的手,接着轻哼一声,"豆豆也不靠谱,说让我寸步不离,我是女孩子好不好!再说,我以前说喜欢你的时候,你都不肯说喜欢我。"她一边说一边还带着几丝气愤去撞贺朗的头。

贺朗眼疾手快地用手掌隔开。

"黎冬枝。"贺朗用手撑着黎冬枝的肩膀。

"干吗?"她问。

"现在起,给你一个正大光明行使自己女朋友的权利,你要答应吗?"

"什么意思?"黎冬枝皱皱眉,脑子转不过来。

"意思就是你以后说喜欢我的时候我也会说喜欢你,难过了可以找我哭,开心了可以对我笑,生气了也可以使小性子。可以对别的女生说我是你男朋友,当然拒绝别人的时候也要说我是你男朋友。明白吗?"

"……明白。"

"那你要答应吗?"

"答应。"她愣愣地点头。

贺朗笑了笑,捏了捏她的脸:"那你可要记得自己点头了,明天一觉醒来要是不记得可不怪我,我也不可能对着你说第二遍的,知道吗?"

黎冬枝晃晃脑袋,认真地"嗯"了一声。

Chapter8
/ 从校园到婚纱 /

1

高中毕业后的这个暑假,在黎冬枝的印象中有着不可磨灭的印记。

这个夏天,她拿到了大学的录取通知书,并且成了贺朗的女朋友。

九月,新生开学。

离开家的前两天，孔女士让老黎同志亲自送黎冬枝去学校报到。黎冬枝一边收拾行李一边摆手："不用了，我都多大了，可以自己解决。"

再说，她爸要是去了，她还怎么和贺朗一起啊。

"那怎么行？"她妈异常坚持，"那么远的地方，你一个人过去，我和你爸爸怎么可能放心？"

黎冬枝说什么也不同意让她爸送，她妈被她的执拗弄得没有办法，突然想到什么，拍了拍沙发上黎建刚的肩膀说："我记得有一年你们单位聚会，那个新上任的领导有个儿子不是说和她上同一所学校吗？你去问问看能不能带着她一起去。"

黎冬枝："……"她妈还真是懂她的心思。

黎建刚同志看了妻子一眼说："他儿子我也见过，据说还是保送。不过人家大半年前就连跳两级去了外省任职，将来还说不准是个什么地位，现在不知还联不联系得上。"

肯定能啊！黎冬枝嘀咕了一句。

贺朗他爸的确调去了外省，但并没有搬家，据说三年后是要回来的。

黎冬枝和贺朗在火车站里碰了头。

贺朗他爸为了他要去北京还专门回来了一趟，对黎冬枝她爸说："没想到俩孩子居然能考到一所大学。"

"是啊是啊！"黎建刚点着头客套，实则一直观察站在旁边的贺朗。

高高大大的男生看着很有担当的样子。

他转头就教训自己闺女说："你偏要自己去我也懒得拦你，但你可不能再像在家一样没个分寸知道吗？"

黎冬枝原本正偷偷冲着贺朗眨眼，被她爸吓了一跳，连忙说："知道了。"

黎建刚把行李箱递给她，对贺朗说："我这个女儿不算是个听话的，不论是在路上还是到了学校，她要是出什么状况，你帮忙照应一下。"

"叔叔您放心，我会照顾好她的。"

黎冬枝看着贺朗那副再正经不过的样子有点想笑，心想老黎同志这完全是蒙在鼓里亲手把女儿给卖了。未来要是哪一天知道了，还不知道是个什么表情呢。

黎冬枝和贺朗的专业不一样，她学英语，贺朗学物理。
到学校之后，他一手包办了他俩新生报到所有的手续。
黎冬枝守着箱子在外面等他。
九月初的校园还带着浓郁的桂花香气，大门外迎来送往，新生大多脱去了高中时期的青涩样子，扬起笑脸迎接人生的另一个截然不同的阶段。

"你是大一的新生？"旁边忽然有人问。

黎冬枝回过头去看，一个脖子上挂着牌子的高大男生正看着她。黎冬枝连忙点头："学长好。"

男生露出笑脸："我大二的，你手续办完没有，我带你去吧？"

"不用了，我……"

"没关系，我看你带着两个箱子也不方便，等一下办完手续我再帮你把行李拿到寝室吧。学校挺大的，你一个人也不清楚情况很容易找不到地方。"男生说着已经顺手就要推着她的箱子开始走了。

黎冬枝心想学长真热情，她连忙摆手解释："那个学长……"此时，正好看到报到处走出来的身影，她指着那个方向说，"我和我男朋友一起来的，他也在这个学校，谢谢你啊。"

男生松了手，往那个方向看去。

往他们这边走来的男生一手拿着报到的资料，一手插在兜里，很高，一头干净利落的黑发，英俊的五官，关键是他稳重又镇定的气质，和刚来学校的新生完全不同。

男生收回视线对黎冬枝说："原来你不是一个人来的啊，男朋友还挺帅的。"

"对吧？我也觉得帅。"黎冬枝顺口就接了一句。

男生被黎冬枝的反应给逗笑了,说:"行,既然有男朋友那我也就不效劳了,先走了。"

"谢谢学长。"

男生摆摆手,看着不远处逐渐加快脚步过来的人心想,这俊男美女进校前都结成对了,让他们这些已经大二了还是单身狗的人情何以堪。

"什么情况?"贺朗走到黎冬枝身边,看着离去的男生背影问。

"大二的学长,以为我一个人来的,说要帮忙。"

贺朗看了看还笑得挺开心的人迅速皱起眉,心想这才多大一会儿的工夫,居然就有男生黏了上来。

黎冬枝仰头看他:"你表情怎么这么严肃?"

"你说呢?"他反问。

"你刚刚是在吃醋吧?"

"没有。"

"别不承认了,你的表情已经说明了一切。"

贺朗牵过她的手:"走吧,去寝室了。"

新生寝室一共四个床位,上下铺,黎冬枝是到得最早的。

她之前没有体会过集体寝室的生活,感觉特别新奇。

贺朗帮她把行李箱放好，敲了敲床头的栏杆说："先选床，你选哪张？"

黎冬枝指了指靠近阳台的上铺位置，贺朗说："不行，睡下面。"

"为什么？"

"你会掉下来。"

"才不会，我睡觉的时候可老实了。"

贺朗听到这话，打量了她一眼："你确定？是谁高中的时候睡个午觉都差点睡到地上去的？"

黎冬枝被堵得哑口无言，脸一点点迅速涨红。

就在这个时候寝室的门被人推开了，一起进来了两个女生。

大家互相打了招呼。

齐耳短发的女生叫刘薇，另一个高瘦一点的女生叫陈琳，她们原本就是高中同学，北京本地人。

刘薇明显比较自来熟，趁贺朗替黎冬枝整理东西的时候拐了拐她的手臂，小声问："这么帅，你男朋友？"

黎冬枝点点头："他物理专业的，也是大一。"

贺朗简单交代了一些东西，又说："我先去自己寝室那边，你收拾好了给我打电话，带你去买生活用品。"

"我陪你去啊。"黎冬枝拉住了他的袖子。

贺朗用手轻轻敲了一下她的头："不用了，整理东西吧。"

旁边扑哧两道笑声，陈琳说："冬枝，你男朋友是本校的，你用不着这么依依不舍吧？"

黎冬枝不太好意思，尴尬地松了手。

贺朗轻笑，转身对刘薇和陈琳说："先走了，过几天和冬枝请大家一起吃饭。"

"上道儿啊。"刘薇说，"请吃饭那是必须的，如果你们物理专业能有长得像你这么帅的男生，一定要先介绍给我们才行。"

"没问题。"贺朗说。

在阳台目送贺朗离开之后，黎冬枝才坐在铺到一半的床上，趴在她上面床上的陈琳还在哀叹说："羡慕有男朋友的人，看看我们，行李都得自己搬。"

"就是。"刘薇跟着附和。

黎冬枝有些好笑，说："你们这么着急干什么，大学才刚刚开始呢。"

一说起这个刘薇"咚"的一声从对面的爬梯上跳下来，盘腿坐在下面的空床上对黎冬枝说："你来之前没有做过攻略吗？我们外语学院的男女比例那叫一个虐，就算有那么几个雄性，不是名草有主就是长相抱歉。所以这要找男朋友，还是得去理工科。"

"这么惨?"黎冬枝说。

陈琳也很快加入话题。

半个小时后又来个女生,叫苏倩依,江南水乡的女孩子,说话温温柔柔的。

女生熟悉起来特别快,没多大会儿几个人就将对方的经历了解得七七八八。贺朗打电话来的时候,她们还聊得火热。

黎冬枝捂着听筒问:"你忙完了?"

"嗯,在你寝室楼下,下来吧,带你去吃饭。"贺朗说。

"马上!"黎冬枝连忙从床上蹦了起来,不顾周围室友一众的调侃,拽上包就冲出了寝室。

一下楼,一眼就看到了站在阶梯下的贺朗。

三步并作两步地直接从石梯上蹦了下去,一下子冲进他的怀里。

贺朗被她撞得晃了晃,稳稳地接住她:"黎冬枝,这可是在学校呢。"嘴上这么说着,却还是圈紧了她。

黎冬枝在他胸前蹭了蹭说:"学校怎么了?我光明正大!"

说完,黎冬枝自己先笑了起来。她从高二起就惦记上贺朗,为此,还孜孜不倦地为贺朗把他的成绩提起来,就想着将来有机会上同一所大学,能够肆无忌惮地在校园里牵手拥抱,向全世界宣布这个人是自己的专属。

如今梦想成真,她可没打算收敛。

"贺朗。"

"嗯。"

"你女朋友说她饿了。"

"……"

2

大学生活正式开始的时候,黎冬枝深深明白了那些在网上吐槽高中班主任口中的几大谎言都是真切的体会,什么"上了大学就轻松了""一周也就三四节课"纯属扯淡。

都是从全国各地升上来的尖子生,没有人愿意一上了大学就吊车尾,连黎冬枝她们这种寝室学习氛围不是特别浓厚的团体,都被带得时不时要去图书馆占个位。

时间过得特别快,生活的变化总是在不知不觉中到来。

春去秋来,黎冬枝一路过关斩将,愣是在这学霸遍地的高等学府中杀出一条血路来。大一下学期成功拿到了奖学金,在外语学院混得风生水起。

虽是如此，黎冬枝最近还是情绪不高。

刘薇在座位上涂着脚指甲问躺在床上半死不活的她："冬枝，怎么最近两天没有见着你和男神一起吃饭？"

说到这个黎冬枝更郁闷了，有气无力地说："他忙。"

贺朗是真忙。

黎冬枝以前从来不知道物理专业需要掌握的东西那么多，什么电子技术、计算机技术、生物医学物理各个方面。

都说大学才是真正考量人才的地方，贺朗的成长速度，几乎可以用惊人来形容。

他凭借物理天分成了物理专业的名人，明明才上大一下学期，已经开始帮着系里的老师研究各种课题、写报告。再加上长相俊朗，整个学校甚至外校都知道物理学院有个天才级别的男神。

其实说起来，黎冬枝没有在大学里堕落，还亏得有贺朗。

有这么个优秀的男朋友，她丝毫不敢懈怠。

如今，他已经忙得一个星期不见人影了。

黎冬枝觉得自己被冷落了。

她给他打电话，接起来的却是一个女孩子。

黎冬枝还没有说话，对面就说："你好，哪位？"

黎冬枝"啪"地把电话给挂了。

她认得那个声音，物理专业的学霸系花，贺朗这次的课题就是和她一起做的。而且，这个系花已经追了贺朗整整一年了。

贺朗的手机会没有她的备注吗？这个系花还是故意问她是哪位？真不是个善茬啊！大一军训的时候就晕倒在贺朗的旁边，无视她这个正牌女友的存在，对贺朗穷追不舍。

一个系的，抬头不见低头见，现在还天天待在一起做研究……黎冬枝越想越觉得气闷。

床对面的苏倩依一抬头，被她突然通红的眼睛吓了一跳，连忙问怎么了，惹得旁边的刘薇和陈琳通通围了过来。

黎冬枝把自己蒙在被子里不说话。

另一边，从实验室洗完手出来的贺朗正巧看见女生拿着他的手机，他眉头微蹙走上前问："刚刚有我电话？"

女生尴尬地把手机还给他说："我看响了半天就替你接了。"

贺朗拿过手机看了看，已经挂断的通话记录让他表情严肃。

他拿起椅背上的外套说："今天我先走了，以后再有电话进来不必替我接，我女朋友会不高兴。"全然不顾背后女生受伤的表情。

虽然贺朗一向拒绝得如此直白，但架不住他身边有口小醋缸。

往回拨了好几通电话都被挂断，贺朗无奈地摇了摇头，想想估计现在正躲着生闷气的女孩儿，只得打了她寝室的电话。

隔着听筒都能听见室友在叫她:"黎冬枝,男神电话。"

"不接!"声音很大,分明是故意说给他听的。

大约十分钟后,明明说着不接电话的人还是穿着拖鞋出现在了寝室楼下。

低着头闷闷不乐的样子,眼睛还有点儿红。

贺朗有些好笑,戳了戳她的脸:"接个电话都能气成这样?这醋味儿隔着大半个学校我都闻见了。"

"你谁啊?"黎冬枝拿眼斜他。

一见他这俊朗不凡的样子,她就更气不打一处来,心里的酸水一阵阵往外冒。眼前的贺朗相较于高中时期的变化还挺大的,身上那点沉郁的戾气散了不少,站在夜里的寝室楼下,有丝经历之后的沉稳。

黎冬枝低着头不理他。

贺朗看她别扭的样子,忍不住伸手揉那颗倔强的小脑袋,语带宠溺:"饿了吗?要不要吃宵夜?"

"我才不吃,你就是存心把我养胖,然后去找漂亮姑娘!"黎冬枝有时候无理取闹得毫无逻辑,贺朗一般都由着她。

其实,她也知道自己小题大做。

贺朗带着她去吃东西，她点了一堆小吃外加一杯奶茶。

坐在店里也不喝，看着杯子发呆。

贺朗敲了敲桌面，皱着眉问："发什么呆？"他明显感觉到她这次和以往不同，往常也这样使着小性子不依不饶过，但并不会持续这么长时间。

"贺朗，你是不是开始觉得我烦了？"

贺朗完全没有想到会等来这么一句，他看着面前女孩儿认真的眼睛，表情有点凝结。

"为什么这么觉得？"他皱眉问。

黎冬枝也不知道自己是怎么回事，或许是好几天都没有看见他，或许是那通电话让她产生了危机感，抑或是她就是想在他面前找找存在感。

她沉默半天说："饱了，我想回去了。"

贺朗把她送回寝室楼下。

两人都没有说话，黎冬枝有点后悔自己没事找事，想道歉又觉得自己太过矫情。

终究还是有点拉不下脸，转身欲走。

贺朗一下把她拽进怀里，双手紧紧抱着她。

黎冬枝鼻腔里都是熟悉的他的味道。贺朗轻轻摸了摸她的后脑勺叹息:"是不是怪我最近没陪你?"

黎冬枝先是摇头然后又点头,她的声音闷闷的:"也不是这个原因,就是……就是你现在学的东西我完全不懂,我跟不上你的节奏,但是……你身边又总有女生想接近,你一忙起来……"

她还没有说完贺朗就突然低头在她唇上亲了一下。

她说得颠三倒四,贺朗却明白了她究竟是在纠结什么。

捏了捏她的脸,贺朗微微弯下腰看着她的眼睛:"你不要老想一些没用的事,这样的你已经很好了,我喜欢。"再说,分明是他嫉妒的时候比较多,她周边的追求者从没断过,只不过他向来懂得怎样将苗头扼杀在摇篮里而已。

黎冬枝还没有反应过来。

贺朗笑:"好了,你的脑子不适合思考这些东西,等忙过这一周就带你去玩。"

黎冬枝撇嘴:"你还有心情玩儿?和漂亮女生一起做课题特别有动力是吧?"

贺朗敲她的头笑着说:"别闹,我现在再不努力,到时候怎么养得起你?"

"谁要你养。"她嘟囔,心中突如其来的那些小情绪,因为他,就莫名被安抚了。

她其实很好哄的,不是吗?

3

因为这不大不小的事情,黎冬枝往物理系跑得更勤了。

这一年的时间来,别说是贺朗寝室的人认识她,连贺朗班上的同学,甚至是好几科任课老师都能叫出她的名字来。

因为她有一次趁着没课溜进物理系教室去找贺朗,结果一进后门就被外面查出勤的老师逮个正着。

"你哪个班的学生?都上课了在外面鬼鬼祟祟的干什么?"

"老师,我……我不上课,我找东西。"

黎冬枝就这样站在后门的位置被训了老半天,关键是那个老师不仅嗓门大,还不依不饶。

"找东西?什么东西?你没看见里面正上课吗?"

"我……找男朋友。"

"男……"四十多岁的男老师愣是被黎冬枝堵得一句话也说不出来,那样子让黎冬枝想到了高中班主任老吴。

那个老师也是个实在人,最后实在不知道拿她怎么办就问:"你男朋友叫什么名字?"

黎冬枝不说话了。

就在这个时候,后面那扇半开的门被人打开。

"于老师，是我。"贺朗走了出来，先是看了一眼旁边低着头不敢看他的黎冬枝，然后和旁边的老师打招呼。

"贺朗？"那个老师明显和贺朗很熟，好半天才指着黎冬枝对贺朗说，"这就是那个传言中，你外语学院的女朋友？"

贺朗点头，黎冬枝则一脸呆滞地想，居然连物理系的老师都知道他有女朋友？

那个老师隔了半响才对黎冬枝说："我不管你们什么关系啊，上课是你们约会的时间吗？这叫扰乱课堂秩序知不知道？"

"您怎么知道我不是来学习的？"黎冬枝顺口就接了一句。

旁边的贺朗拉了一下她的胳膊，对正要发火的老师说："于老师，我会好好管教的。"说完还弯腰对着黎冬枝做了个口型——闭嘴。

黎冬枝再次把头低下，都能听见教室里一大波越来越起哄的声音。

从那之后，只要是认识黎冬枝的人，在物理系的课上见到她都会笑着问一句"你又来学习了啊"，弄得黎冬枝特别郁闷。

一直到大三，这个梗都始终没有过去。

下午的最后一堂课。

阶梯教室里的大课一般都很少有人听，讲小话的、玩手机的、打游戏的，比比皆是。

上课五分钟左右，黎冬枝猫着身子偷偷从后门溜进去。贺朗坐在门口倒数第二排，那是他惯常坐的位置，他正低着头记笔记。

左手臂弯里突然冒出一颗脑袋的时候，贺朗丝毫没觉得意外，直接按住了她的头。

黎冬枝撇撇嘴钻了出来，坐在他旁边的位置。

讲台上的老师自己讲自己的，丝毫没有理会下面的情况。黎冬枝无聊地趴在桌子上，转头盯着贺朗的侧脸不眨眼。

明明一脸认真的人，突然拿一本书翻开，然后反手就盖在了黎冬枝的脸上。

她把书拿下来小声问他："你干吗呀？"

贺朗停下记笔记的动作，转头看着她说："要么自己睡觉，要么看书。"

"为什么？"她问。

"你再这样盯着我，我这节课真的就要白上了。"他一脸认真地说。

黎冬枝半天才反应过来他说的是什么意思，被她盯着会紧张？是不是证明她还挺有魅力的？黎冬枝笑了起来，反而盯得更起劲了。

下课之后贺朗带着她出了学校。

"去做什么？"她好奇地问。

昨天晚上贺朗就给她发消息说他今天要带她出去，但一直没有明说究竟是什么事情。直到两人坐上车，贺朗报了一个餐厅的名字之后，他才说："我爸来了，说要见见我女朋友。"

黎冬枝吓得差点跳起来，她心存一丝侥幸地问："你爸他知道你女朋友是我吗？"

"知道。"

黎冬枝绝望地闭了闭眼，按说这几年他们一直瞒得挺好的，就连放寒暑假回到家也没有被长辈知道。而显然当下的情况已经来不及让她去探究他爸究竟是怎么知道的了。

她慌乱地翻着自己的包。

贺朗奇怪地问她："你丢东西了？"

黎冬枝翻了个白眼："什么丢东西，我得化个妆。"越慌反而越手忙脚乱，她扒了扒自己的头发，问他，"我头发乱吗？我是不是该回去换个衣服？你爸要来你怎么不提前告诉我啊？"

贺朗抓住她的手笑："你又不是没见过，他就是来出个差，顺便吃个饭。"

"那能一样吗？"黎冬枝瞪他。

真正见到贺朗他爸的时候，黎冬枝比想象中镇定。

"叔叔好。"她乖巧地打招呼。

贺朗和他爸的关系还是那样，谈不上多亲近，客套更多一些。

三个人在包厢里面落座，贺朗他爸笑着说："不用紧张，这次我来这边是有工作，原本就是例行询问一下，结果这小子居然说他有女朋友，当时还吓了我一跳。"

黎冬枝瞟了旁边的贺朗一眼，他正在给她倒茶。

贺朗整场一直沉默，只是偶尔搭上一两句话，反而是黎冬枝和他爸交流得更多一些。

到了散场的时候，贺朗去替他爸提车。

贺朗他爸站在路边，突然从上衣口袋里掏出一张银行卡递给黎冬枝。

黎冬枝第一反应是往后退了两步。

贺廖升哭笑不得说："不是给你的，给那小子他不肯收，你替我给他吧。北京这边的物价那么高，如果你们毕业的时候打算留在北京发展，花钱的地方肯定多。"

黎冬枝一听这话，第一反应是贺朗他爸这是承认自己了？

而事实上，对贺朗来说，如果他就算有一天一声不吭地把一个女人娶回家，对他爸恐怕也不是征求意见，而是例行通知。

黎冬枝摆手："叔叔，我不会拿的，贺朗知道该说我了。"

贺朗自从上了大学之后，所有的费用都是他自己出的，大二情人节的时候，贺朗闷不吭声地送了她一个超级贵的包，吓得她以为他可能要喝西北风。当晚和他同寝室的哥们儿聚餐，她抢着要付钱。

她想，她得顾忌自己男朋友的面子啊，说不定他背着她已经偷偷吃了大半个月的泡面了。

结果把贺朗寝室的几个男生逗得不行。

有男生说："黎冬枝，我们全系现在最有钱的就是你男朋友了，你居然担心他会在寝室里啃泡面？"

黎冬枝那个时候才知道，他们那个科研项目是有钱拿的，而且不少。

这都不是重点，重点是后来黎冬枝问他究竟有多少钱，他说出的那个数字彻底震惊了她。后来也才知道他们物理专业的学生毕业后的择业方向，很少有真的一直走在科研这条路上的，大多转去了金融、经济类。

不巧，她男朋友就属于极少的有投资眼光的那类人。

黎冬枝和贺朗他爸还在路边拿着卡推来推去的时候，贺朗就开着车过来了。

他下车把黎冬枝带到自己身边，顺手接过了他爸手中的银行卡。

把他爸送走后,两人回学校的途中,他突然把卡递给黎冬枝:"给你了,收着吧。"

"给我?为什么给我?"黎冬枝问。

"我爸说这原本就是备着给我娶媳妇的聘礼,迟早都是你的。"黎冬枝的脸唰地红了,不过下一秒她还是把卡塞了回去。

她靠在后椅背上,打了个哈欠说:"你这么早就把钱给我也不怕我卷钱跑了?再说,现在才大三呢,就算要考虑结婚怎么也得几年后了吧。"

贺朗深深看了她一眼,挑着眉把卡收回去了。

4

临近大学毕业的这一年,黎冬枝决定考研,贺朗决定创业。

他放弃了大学导师一直希望他继续走科研的这条路,带着不足十个人的小团队租了个小工作室,开始了真正步入社会的第一步。

那是彼此记忆中最为忙碌的一段时间,见面的机会急剧减少。

贺朗向来就是一个很有主意和目标的人,或许高中时代黎冬枝认识的那个贺朗还局限在当初的环境之下,那么大学的这几年时间,无异于给了他腾飞的空间。

贺朗忙着处理纷杂的人和事,而黎冬枝则一心准备着考研。

其实当初她也曾在就业还是考研的选择上纠结了许久,考研意味着她需要花费更多的时间在学业上,而她隐隐担心那时的贺朗是否已经到了她追不上的高度。

最后还是贺朗替她做了选择。

他说:"考吧,就是考个几十年我也能养得起你。"

他当时手上还在忙着工作,说这话的时候也很平常,但黎冬枝还是莫名被感动到了。

后来看着室友一个个开始搬出寝室,她终于意识到时间已经过了这么久,她和贺朗在一起的记忆有了那么那么多。

第一次在室友的怂恿下化妆去见他,他第一反应是脱下外套裹住她过于性感的裙子。

他请她的朋友吃饭,被故意为难也淡定从容。

半夜因为她一个电话给她买过吃的。

出去旅游会提前做好攻略,在她无理取闹的时候,也被逼着做过一些很傻气的事,却没有不耐烦过。

黎冬枝的大学,因为有了贺朗而变得特别。

他一直都是用实际行动宠着她。

等到贺朗的团队正式建立，大家一起吃饭。

他来学校接她。

"今天不忙吗？"黎冬枝一边系安全带一边问他。

"嗯，事情暂时处理得差不多了。"他一边倒车一边回答。

饭桌上的人黎冬枝都认识，基本上是这几年贺朗认识的人，有早就已经毕业的学长，也有和贺朗是同届的同学。

黎冬枝好奇地问："你这刚刚起步，得开多少工资才能让人家学长来给你工作啊？"

"不用钱。"他一边走，一边脱下外套挂在了臂弯的位置。

"那用什么？"

"用人格魅力。"他回答得一本正经，换来黎冬枝一个大白眼。

两天携手进去就遭到大家的纷纷调侃："你们俩还真是情比金坚，多少人一到了毕业季就分道扬镳，你俩这如影随形得跟大一进校的时候没什么变化啊。"

贺朗拉开椅子让黎冬枝坐下，看了看周围的一圈人笑着说："你们都太闲了是吧，接下来一周通通加班好了。"

随即响起一片唉声叹气声。

黎冬枝在一旁不厚道地笑。

那天黎冬枝跟着喝了几杯酒，贺朗没有送她回学校，而是带她去了他新搬的公寓楼。

黎冬枝没有醉,就是白净的脸因为酒精的作用微微泛着红。

她打量着这个地方,很开阔的空间,因为还没有住多久所以生活气息不浓。灯光是暖黄色的,有几分温馨的感觉。

贺朗一进门就躺在了沙发上,眉宇间可见疲惫。

"我给你煮碗醒酒汤吧?"黎冬枝说。

贺朗摇摇头,拍了拍身侧的位置示意她过来坐。

黎冬枝乖乖地蹭了过去,还没有来得及坐下就被贺朗一把拉进了怀里。他身上带着酒气,摩挲着黎冬枝的脖颈。

黎冬枝惊讶于他下巴居然有了胡楂,扎得她忍不住笑着闪躲。

他含糊地吻了吻她的脖子说:"搬来和我一起住吧。"

黎冬枝"啊"了一声,脸瞬间红透。

"不愿意?"他继续问。

黎冬枝摇摇头,说:"我最近准备考试呢,熬夜的时候怕打扰你。"

贺朗闷笑了两声,似乎因为她拙劣的借口觉得好笑。黎冬枝转过头,正准备生气,他却突然抓起她的手。

一个微凉的戒指缓缓套进了她的中指。

黎冬枝愣住了,呆呆地看着他半天说不出一句话。

贺朗的手抚上她的脸颊，笑着说："很早就准备了，婚礼可以明年再办，不用着急。"

黎冬枝"我"了半天，都没有找回自己的声音。

她摸了摸手上的戒指，很简单的款式，却灼伤她的眼。

她从来没有想过大学一毕业，他居然会直接谈结婚这件事，猝不及防的意外里，她不得不承认，贺朗就是吃准了她不会拒绝。

"不摘下来我就当你答应了。"他说。

黎冬枝转了转戒指，缓慢"嗯"了一声，然后又觉得有点不甘心地问："你这求婚是不是有点儿太草率了？"

"一辈子都承诺给你了，还觉得草率？"

黎冬枝总觉得这话有什么不对，可是一时半会儿又说不出原因。

不过想想，一辈子啊，好像也不亏。

5

黎冬枝不知道有多少人像她和贺朗一样，在最美好的青春年华里遇见，上同一所大学，有过别扭、争执、包容，也有理解。毕业的时候，定下一生的诺言。

那些年少时光里的细枝末节，在岁月的缓慢流淌中历久弥新。

记得你走过操场的身影，记得阳光照在你睡颜上的温度，记得那些上课和你说过的悄悄话和传过的小字条。

只要有你在身边的每一个日子，都清晰记得。

你能看见彼此每一个阶段的变化，见证彼此的成长，经历他所经历过的，参与他所有的喜悦、失落、痛苦或者幸福的时刻。

而无论这把时光的刻刀将你们变成了何种模样。

这场青春里，只要你在，就永不散场。

番外一
/ 初次吵架 /

黎冬枝也和贺朗吵架。

吵得特别厉害的一次应该是在大二。

寒假回家前一个星期左右,黎冬枝甚至想不起来究竟是因为什么原因和他吵起来的,应该是鸡毛蒜皮的小事,但分手两个字脱口而出。

她掉头就走。

结果贺朗没有追上来。

整整一个星期的时间，黎冬枝陷在一种"他肯定是早就想和我分手了所以借题发挥"的悲伤里不可自拔。

那几天的期末考试仿佛回到了高中她发烧那一回，她担心自己恍惚中填上的答案，是不是会让她丢掉拿奖学金。

终于考完了，她乘车回家。

她一个人拖着行李箱在人潮拥挤的火车站里打转，以往一直都是贺朗一手包办所有的事情，她只需要带上两条腿跟着走就是了，直到茫然站在火车站外面的时候，她才明白过来这两年她究竟有多依赖他。

结果半个小时后，更悲剧的事情发生了。

她的钱包和手机全丢了，那里面还夹着她的火车票。

家回不去，身无分文，连公共电话都打不了。黎冬枝就那样傻傻地坐在火车站的售票大厅里，像只被遗弃的小狗一样耷拉着脑袋。

直到火车站的广播突然响起来说："黎冬枝同学，黎冬枝同学，您的男朋友在服务前台等您。"

如此重复了整整三遍。

黎冬枝啪地从行李箱上摔了下来。

等到黎冬枝拖着行李箱到达指定地点的时候，贺朗正一动不动地看着她。

那个眼神,突然让黎冬枝不敢上前。

她踌躇着,贺朗已经迈着长腿向她走了过来,他站在她面前先是深深地看了她一眼,然后伸手把她揽进怀里。

黎冬枝瞬间就鼻酸了。

很久之后贺朗放开她,打量了一下她问:"车票呢?"

"丢了。"黎冬枝小声说完又接了一句,"钱包和手机也丢了。"

不知是不是她的错觉,贺朗似乎长长深吸了一口气,然后沉默地接过了她手中的行李箱。

"我们去哪儿?"她跟在他后面问。

"找个宾馆。"他说得面无表情。

黎冬枝耷拉着脑袋跟在后面,也不敢说话了。

他现在浑身上下都在散发着一个讯息,他在生气。

火车站周围的宾馆基本都被订满了,他们转了很久,才找到了一家还剩下一个单人间的酒店,环境挺好的,当然价格也很贵。

贺朗带着黎冬枝上了电梯。

空气中有令人窒息的憋闷感,黎冬枝没什么精神。

直到房间的门"咔嗒"一声关上的时候,黎冬枝才猛地抬头看了贺朗一眼,她都没有来得及说出一个字,贺朗就突然抓着她的手将她抵在了门板上。

她的手被举过头顶,呼吸里都是他的味道。

他从来没有这么失控和粗鲁过,至少在黎冬枝面前没有,直到唇上传来刺痛,淡淡的铁锈味儿在唇齿间流转的时候,黎冬枝才反应过来她的唇被贺朗咬破了。

她唔了两声表示抗议,换来贺朗更深的压迫和桎梏。

他的手慢慢沿着她的脊背往下,一股战栗感从头到脚蹿过,黎冬枝终于有点儿被这样的贺朗吓到了,眼泪夺眶而出。

贺朗像是突然反应过来了一般,放开了她。

黎冬枝抽噎得更厉害了,贺朗替她擦了擦眼泪,哑着声音说:"别哭。"

"我今天已经够倒霉的了,你还欺负我!"黎冬枝差点儿站不住脚,攀着贺朗的肩膀,想要一口咬下去,临到头了还是没敢下嘴。

贺朗拍了拍她的背低沉着声音说:"你就不能让我省点心?"

黎冬枝一把推开他。

贺朗问:"以后还敢随便说分手吗?"

黎冬枝不回答。

"问你话。"

黎冬枝偏过头,下一秒就被贺朗捏着下巴转了回来,他又问:

"以后还说分手吗？"

黎冬枝的眼里慢慢聚起了更多的泪珠，她想要顶一句"你管我"，不过看着贺朗的眼睛，最后还是哽了一句："不说了。"边说边哭，越哭就越委屈。

贺朗到后面简直不知道该拿她怎么办，到卫生间拧了温热的毛巾替她擦脸，边擦边说："这次就当给你一个教训，你记住，有些话不要随便说出口。"

黎冬枝从那以后，还真就没敢轻易再在贺朗面前说过那两个字。

黎冬枝后来问他怎么知道自己在火车站。

"还能怎么？"贺朗白她一眼说，"我一路跟着你，可一转眼的工夫你跑不见了不说，还能有本事把所有东西全给丢了。"

黎冬枝羞愧难当。

贺朗最后紧抱着她低声叹息说："以后不要再乱跑了，找不到你，我会着急。"

番外二
/ 你从什么时候开始喜欢我的 /

黎冬枝现在不用每天定时定点去学校报到。

冬日的清早赖床不肯起。

"黎冬枝,起来了。"贺朗捏着她的鼻子,叫醒她。

往往她迷迷糊糊睁开眼的时候,贺朗已经穿戴整齐,这个时候她就会开始愧疚,说好要做个每天为他准备早餐的贴心女友,除了第一天,她就没有真的实践过。

她爬起来抱着他的腰:"你怎么没有早点叫我?"

"你起得来？"他反问。

他由着她抱着自己，接着提醒说："现在就起来吧，等一下我走了你又得睡过头，你十点钟还有课，早点放在桌上了。"

黎冬枝嘴上应着，姿势却从头到尾都没有变过。

好不容易等贺朗出门了，黎冬枝才晃晃悠悠地爬起来，简单洗漱过后去上课。

等到中午的时候，她有时会提着外卖去贺朗工作的地方找他，或者晚上等他一起回家。

他们的相处会体现在洗碗、拖地这样的小事情上。

比如贺朗做饭，黎冬枝就洗碗；贺朗拖地，黎冬枝就洗衣服。

但黎冬枝有时候会耍赖，贺朗虽然嘴上说着她越来越不像样子了，但到头来都会纵容她。

生活逐渐脱离校园，变得更加具体而真实。

这一年寒假的时候，高中班长刘浩组织了一次同学聚会。

时间还没到，黎冬枝就接到了唐豆豆的电话。

她说："你今天无论如何一定要把贺朗给我拽来，罗晓然那家伙带了新男朋友，一副炫耀的嘴脸，你把贺朗带来，再穿漂亮点儿，气死丫的！"

黎冬枝笑得不行："你先把你自己推销出去再说。"

唐豆豆气得挂了电话。

那天黎冬枝和贺朗到得比较晚，他们去的时候大家都已经喝开了，一群人上来二话不说直接拉着贺朗灌酒。

大家变化都很大，比如当初戴着厚重眼镜斯斯文文的班长已经西装领带一副精英派头；高中爱凑热闹的许伟华，如今看来竟也多了几分八面玲珑；罗晓然真的带了新男朋友，眼睛却还总是看着贺朗。

嬉闹间，仿佛恍然回到了高中的时光，这些长大的岁月似乎都那么不真实。

当年那个没人敢惹的高中校霸成了过去式，贺朗身在人群中央，依然是最瞩目的焦点。

中途的时候，他借着喝醉的借口，带着黎冬枝溜了。

他带她去了淮岭高中。

假期里学校没人，夜幕下的一草一木都是记忆中的样子。遗憾的是今晚聚会老吴没有来，据说是趁着放假去学生家里走访了。

贺朗牵着黎冬枝走在学校里。

那是他带她翘了体育课的操场，那是他陪她挂过点滴的医务室，那是他们一起吃过饭的食堂餐桌，那是他们一起复习过的图书馆。

每一个角落的回忆都和彼此有关。

夜晚的风灌进领口有些微凉,黎冬枝转个身面对着贺朗,在他疑惑的目光里将两只手放进他大衣的口袋里,汲取他掌心的温度。

他扣紧了她的十指,低头轻轻吻了一下她的额头。

黎冬枝弯了弯眼睛,仰着脸问他说:"你老实告诉我,你是从什么时候开始喜欢我的?"

他做出思考的样子。

从什么时候开始啊?第一眼吧。

那个大夏天抱着个泡菜坛子冲进小超市的女孩儿,一瞬间就深深刻在了他的眼里。

"你说啊!"女生还在锲而不舍地追问。

他低头看着她的眼睛答道:"在你喜欢我之前。"

在你喜欢我之前,先喜欢上你。

所以我们不必兜兜转转,不用分离试探。

所有和你相关的,都是恰逢其时,相见恨晚。